小学館文庫

神様の護り猫

最後の願い叶えます

朝比奈希夜

小学館

もくじ

神様の護り猫

第一章　最後の指切り

昨日までの寒さが嘘だったかのように、空は青く晴れ渡っている。

二階の窓から差し込む柔らかな春の日差しが、南向きの部屋のバーチの床をじわじわ焼きつつある。紫外線にさらされた床はほんのり変色していてその境目にうっすらと筋ができているが、温《ぬく》もりを感じる無垢材《むくざい》は、私・渡瀬美琴《わたせみこと》のお気に入りだ。

「はー」

大きなため息が出てしまうのは、毎日完璧に化粧を施し、高いヒールを履いて颯爽《さっそう》と歩いていた頃を思い出したからだ。

短大を卒業し念願だった最大手の文房具メーカーに就職したときは、自分でも輝いていると思っていた。

営業部に配属され、トップセールスになるんだ！　と意気込んでいたのに、ストレスで倒れ三年もたず退職。おまけに初めての恋も、彼氏の浮気であっさりと別れを言い渡されるというみじめな結果に終わった。

人生ってうまくいかない。

打ちのめされて逃亡先に選んだのは、とある田舎町にある一年前に亡くなった祖母の家。祖父はもう随分前に亡くなっていて祖母ひとりで住んでいたのだが、持ち主がいなくなってからは空き家だった。親族の間では売却することも検討されたらしいけど、思い出の家だからとそのままになっているところを借りることになった。

二階建てのこぢんまりとした和風の家は年季が入っている。けれども、十年ほど前にリフォームされていてキッチンやバストイレは新しく、二階の寝室にしている部屋は和室から洋室に変更されていた。

「外に出てみるか……」

彼氏に裏切られ、仕事では商品が欠品しているのに売り上げを伸ばせと、実に理不尽な上司の罵倒を受け続けてきたせいか、人と話すことが億劫《おっくう》になっている。

すぐにでも就職先を探して……と思っていたのに、引きこもりがちになり、積極的に動けないでいるのはそのせいだ。

忙しすぎて給料を使う暇がなかったおかげで、当面生活をするお金はある。というのも、ぐうたらしている理由のひとつではあるけれど。

でもこのままでは外に出られなくなる。他人《ひと》の視線を気にすることも必要なく、時間に追われることもない。こんなに楽な生活を続けていたら、心地よい楽園から抜け出せなくなってしまう。

私は薄化粧を施して、長袖のボーダーTシャツとジーンズという軽装で家を飛び出した。

どこに行こうか？

祖母の家の周囲は古くからある住宅街。車一台がなんとか通れる細い道が続き、その両側に一軒家が建っている。

都会とは違いこの町は自然が豊富で、どの家の庭先にもたくさんの花が咲き誇っている。

「私もなんか育てようかな……」

都会のマンション住まいだったのもあり、植物を育てた経験なんて、小学生のときに学校で朝顔の種をまいたくらいの記憶しかない。だけどやってみたい。

私は落ち着いた雰囲気のこの町並みが好き。小さい頃、祖母の家に遊びに来るとよく手を引かれて散策したものだ。

「いい匂いがする……」

肩下十五センチのちょっと癖のある髪をふわっと持ち上げる、春の風。その暖かな風が運んでくるほんのり甘い香りが鼻をくすぐる。なんの香りだろう。

久々に景色を楽しみながら歩き続けること約十五分。古くからある商店街にたどり着いた。花咲《はなさき》商店街だ。

車の乗り入れが禁止されているアーケードの真ん中には、その名の通り長い花壇が続いていて、たくさんの花が植えられている。

最初に目に飛び込んできたのはアネモネ。鮮やかな赤やピンク、そして紫など、様々な色の花びらが美しさを競うように咲いている。

その先には白いイチリンソウもあるし、紫色のヤグルマギクも。もちろんチューリップもたくさん。

あのいい香りはここから漂っていたんだ。

この甘い香りを嗅ぎつけてきたのは私だけではない。ミツバチや蝶《ちょう》も花と花の間を行き来していた。

そしてその花壇を挟むように、両側に店がずらっと並んでいる。商店街といっても、郊外にできた大きなショッピングモールに客が流れてしまい、シャッターが閉まりっぱなしの店も多い。しかし、いくつか開いている店に懐かしさを覚えた。

コロッケのおいしいお肉屋さん。こだわりのコーヒーしか出さないという喫茶店。ショーウインドウに地球儀が飾ってある文具店。艶《あで》やかな反物が並ぶ呉服屋さん。入ったことすらない店がいっぱいだけど、店主が近所の人たちとおしゃべりを楽しんでいる光景は昔と変わらない。商店街独特のゆったりとした時間が流れている。

私はこの通りを祖母に手を引かれて歩いたことを思い出していた。

あの頃は客もまだたくさんいて、もっとにぎわっていたんだけどな。アーケードの長さは約三百メートル。キョロキョロ辺りを見渡しながら歩いていると、いつの間にか終点まで来てしまった。引き返そうかと思ったものの、私の目が階段の上にそびえたつ赤い鳥居を捉えた。

「ここ、花咲神社？　おばあちゃんと来てたところだ」

遠い記憶をたどってみれば、祖母に手を引かれこの鳥居をくぐる光景がかすかによみがえる。たしか別に名前はあった気がするけれど、花のあふれる町の神社なのでそう呼ばれているはずだ。そして祖母には、山の神様が住んでいると聞いたような。だけど、商店街と同じように閑散としていて、参拝客は見当たらない。

赤い鳥居はところどころ剝げかけているが、どしんと君臨していて貫禄《かんろく》たっぷり。鳥居にもいろいろな種類があると祖母に教えられた気がするけれど、内容までは思い出せない。ただ、鳥居の真ん中は神様がお通りになるので避けて通りなさいと言われたことだけは覚えていた。

私は左端に寄り階段を上がったあと、小さく頭を下げてから鳥居をくぐった。するとその瞬間、凜《りん》とした空気がまとわりつき、気温も少し下がったように感じる。

鳥居は、神のいる区域と私たちの住む俗界を区切るためのもののはず。神の域に一歩足を踏み入れたと感じられ、少し緊張する。

だからといって出ていきたいわけではなかった。むしろ古ぼけた拝殿に目が釘《くぎ》づけになり、近寄りたいという気持ちが大きくなる。

たくさんの木々に囲まれ森の中にポツンと現れたようなその拝殿は、銅板でできた屋根を持つ。神社建築には瓦を使わないのが基本だと、祖母から聞いたのを思い出した。

拝殿までの参道の左側には、手水舎《ちょうずや》がある。

「どうだったっけ……」

参拝の作法なんて少しも覚えていない。たしか清める順序があったはずだけど。

誰かに聞こうにも、神主はおろか参拝客もいない。仕方なく柄杓《ひしゃく》を手にして両手に水をかけたあと、口もゆすいだ。

そして悠久の年月を経たと一目でわかる拝殿に歩み寄る。

その十五メートルほどの間には石灯籠《いしどうろう》と、狛犬《こまいぬ》。ごくごく一般的な神社だ。

神様の小さな居所はきれいに掃除が行き届いていて、大切にされていると感じる。

私は賽銭箱《さいせんばこ》を前にして、財布を持っていないことに気がついた。

「ごめんなさい。今度はちゃんと持ってきます」

そう言いながら頭を下げ、真鍮《しんちゅう》の鈴に添えられた麻縄を揺らして鳴らす。

——ジャラン。

低く腹に響くようなその音は、私の背筋をピンと伸ばす効果がある。寝ている神様を起こしてしまったかのような気持ちになり、ちょっと緊張したのだ。

「あっ……」

鈴を鳴らし、神様を起こしておいて今さらだけれど、ここからどうするんだっけ。

何回礼をして、何回手を叩《たた》けば……。

しばらく考えあぐね、たしか手を叩くのは二回だったと思い出した。でも、礼は何回なのか思い出せない。

「間違ってたらごめんなさい」

先に神様に声をかけてから一度礼をして、二回手を叩き、もう一度頭を下げた。

なんかしっくりこない。でも間違いがわからない。

「なにを願おう……」

う一ん。『幸せになれますように』では抽象的すぎる？

「あれっ？」

するとそのとき、晴れていたはずの空からポツポツと雨が降りだした。

まるで、私を足止めするかのような突然の雨に驚いたものの、慌てて拝殿に隣接している社務所の屋根の下に駆け込み、軒下に置かれている長椅子に腰を下ろした。社務所といっても、大きな神社のそれとは違い、人の気配がない。神主が不在の神社はいくらでもあると聞いたことがあるので、ここもそうなのかもしれない。昔はここで、紫に紋の入った袴《はかま》をはいた神主さんを見た気がするけれど……。今はいなくなってしまったんだろうか。

そんなことを考えながら空を見上げる。上空にはいつの間にか薄黒い雲が流れてきていたが、西の空は明るい。すぐにやみそうだ。

そのときふと、『美琴。これは催花雨《さいかう》というのよ。桜に早く咲いてねと促している雨なの』という祖母の言葉を思い出した。

「催花雨、かな？」

敷地内にある大きな桜の木はつぼみが膨らんでいるように見えるものの、まだ一輪も咲いてはいない。たしかここの桜はソメイヨシノだと教えられた。

淡紅白色の桜の花びらがはらはらと空に舞う様子を思い出し、ハッとした。そういえば祖母が亡くなったのは、桜が散った頃だった。

雨に促され咲いてくれるのはうれしい。でもそのあと、〝散る〟という瞬間があることを思えば、少し寂しい気もする。

「おばあちゃん……」

祖母が生きていたら、今の私になんと言うだろう。仕事を辞めてしまったことを叱られるよね、きっと。だって私は……自分でこの道を選択したのだから。

そんなことを考えていると、「ミャー」というかすかな鳴き声が聞こえてきて、その方角に視線を移した。

すると、どっしりとした貫禄のある、白地に黒のブチのある猫が姿を現す。

「かわいい」

頭を撫《な》でてやると、しっぽをバサバサと動かして気持ちよさそうに目を細めている。人に慣れている様子で、少しも逃げようとしない。なんだか神様が猫に形を変えて出てきた気がして、抱き上げた。

「あったかいね」

雨のせいか一気に気温が低くなり、Tシャツだけでは肌寒い。だけど、猫を抱っこすると人より少し高い体温のおかげで私もぽかぽかしてくる。

喉をゴロゴロ鳴らしてすり寄ってくるこの猫も、もしかしたら寒いのかな。猫はこたつで丸くなると言うし。

「疲れちゃった」

膝の上で丸まった猫に、つい弱音をこぼす。

「お給料をもらうんだから、イヤな仕事だってやらなきゃいけないのはわかってるんだよ？　けど、会社は欠品も商品の質も改善してくれない。ただ謝ってこいと言われるだけ。得意先だって納得するわけないでしょ？　そのくせノルマが達成できなければ怒鳴られて……。どうすればよかったの？」

それが正直な気持ち。売る商品が欠品しているのに、実績なんて上がるわけがない。トップセールスなんて程遠かった。

しかも、日がたつにつれ、本当にやりたかったことと違う道を選んだ後悔が、今にも弾けそうな風船のように膨らんできて、精神的に参ってしまった。

「ほんと、情けない……」

自分の弱さに打ちひしがれているうちに、優しい雨音のせいか、はたまたずっとぐっすり眠れていなかったからか、まぶたが下りてくる。

「ちょっとだけ」

私は自分に言い訳をして、猫の温もりを感じながら目を閉じた。

それからどれくらい経《た》っただろう。耳に心地よい少し低めの音と、それよりは幾分か高めの音が飛び込んできた。どうやら男の人ふたりが会話をしている。

「気持ちよさそうに眠ってるね」

低めの声でそうつぶやかれ、私のことを言っているんだとわかったものの、まだ眠り足りなくてすぐには目を開けられない。夢と現《うつつ》の境界を行ったり来たりしながら、その優しい音に耳を傾けていた。

「おい、千早《ちはや》。見も知らない女の子にいたずらしたら、警察行きだぞ」

「僕がいつ、いたずらしたんだよ」

「ん？　コイツ、野澤《のざわ》のばあさんの関係者か？」

あれ、どうして祖母のことを知っているの？

心地よい夢から目覚めたくないのにと思いながら薄目を開ける。すると目の前には美男子がいる。

彼はこの寂れた神社には似合わないような、都会の匂いのする男の人だった。黒目の大きな瞳に、すらっと高い鼻。左目の目尻には小さなほくろ。黒くて目にかかりそうな長さの前髪に、ふんわりと空気を含んだようなうしろ髪。Tシャツにジャケットを羽織り、細身のスラックスを着こなしている。

「えっ、野澤さんの？　お孫さんかな？」

「そんなところだろうな。木がざわついてる」

ふたりは私が目覚めたことに気がつかない様子で、会話を続けている。

『木がざわつく』ってどういうこと？　あれっ。会話をしているはずなのに、ひとりしかいないのはどうして？

「な、なななななにっ！」

自分でも驚くような大声が出てしまい、口を押さえる。

「あぁぁ……」

人間、あまりにびっくりするとおかしな声を発するらしい。

口をあんぐり開けたまままそれ以上はなにも言えなくなった私を見て、男の人が目を真ん丸にしている。

いや、でも……これを驚かずになにに驚くのだろう。だって、その美男子と会話をしていたのが、どう考えても膝の上にいたはずのあの猫だからだ。

あれ、夢？

ふたり――いや、正確にはひとりと一匹――が顔を見合わせているので、目が飛び出そうになる。

これは夢じゃない。そう確信し立ち上がると、体にかけられていたらしいブランケットがバサッと落ちた。

「あぁぁぁ、すみません！」

いったいなにについて『すみません』なのか説明できない。

もちろん、ブランケットを落としたことについてではある。でも、それだけじゃない。見てはいけないものを見てしまってなのか、寝ぼけていてなのか……。

激しく狼狽《ろうばい》している私は、ブランケットを拾い上げ長椅子に置き、そのまま鳥居に向かって走り出した。それなのに『待って！』と追いかけてきた男の人に腕をつかまれてしまった。

「あっ、あああのっ！」

「千早。そいつ、もしかしてわかってるかも」

私が恐怖のあまり声を震わせると、またあの猫がしゃべりだす。すると、『千早』と呼ばれている男の人が、私の顔をじっと見つめて口を開いた。

「モーの――あの猫の言ってることわかるの？」

やっぱり、しゃべってるんだ。

腰が抜けそうになりながらも観念してうなずくと「さすがは野澤さんの孫だな」と

なぜか彼に褒められる。

たしかに祖母は野澤で私はその孫だけど、どうしてわかったの？

「ばあさんには世話になったからな。まぁ、特別？　つないでやらないこともない」

次にモーと呼ばれた猫が、妙に偉そうな言い方をする。

この牛みたいな風貌、〝モー〟という名前がぴったりだ。

でも、『つなぐ』ってなにを？

「モーって、やっぱり眷属《けんぞく》なんだよなぁ。ただの食ってばかりのメタボ猫かと思ってたけど」

「千早！『やっぱり』ってなんだ。俺様に向かって失礼だぞ！」

なんだか小競り合いを始めたふたり――いや、ひとりと一匹を前に、呆然《ぼうぜん》と立ち尽くす。

「『眷属』って……神様の使者ってことですか？　この猫が？」

「うん、そう。あっ、ごめん。僕、ここで神主見習いをしている神月《こうづき》千早です。で、こっちが一応ここの神、久久能智神《くくのちのかみ》の眷属、モー」

『一応』を強調しながら、軽ーい説明をされたが、そんなに簡単にこの脳の混乱は収まらない。

そもそも眷属なるものが存在するのは神話の世界の架空の話だと思っていたし、とにかく猫が言葉を話しているのが、どうしても呑《の》み込めない。

あんぐり口を開けていると、神月さんは首を傾《かし》げる。

「もしかして見習いってのが気になる？　実は僕の祖父がここの宮司をしていたんだけど急に亡くなって……東京でサラリーマンやってたところを継ぐために帰って来たんだ」

いや、引っかかっているのは『見習い』という箇所ではないんだけど……。

「それで、神職資格を取るべく、通信教育で勉強中です」

「つ、通信教育？」

神様と通信教育がミスマッチすぎて驚き、大きな声が出てしまった。

「おかしいよね。神職と通信教育って、結びつかないというか」

神月さんの言葉にカクカクうなずく。

「本来なら、神職取得課程のある大学や養成所で学ぶものなんだけど、僕みたいに、急遽《きゅうきょ》跡を継ぐことになった人が通信教育で学べるんだよ」

「急遽？　それじゃあ、神職に就くつもりはなかったということですか？」

「そう。最初は継ぐ気じゃなかったんだ。いい大学を出て一流の会社に入らないとと思い込んでたから」

神月さんの言葉に目を瞠《みは》る。私もそれが勝ち組だと思っていた。

「『思い込んでた』というのは……」

過去形なのが気になる。今は違うということ？　多分そうだろう。彼は今、ここで神社を継ごうとしているのだから。

問いかけると、彼は遠い目をしてなにかを考えている。

その姿はどこか悲しげで、でもその瞳ははっきりとなにかを捉えているようで……。うまく言えないけれど、つらい経験のあと大きな決断をしたときのような表情をしている。

「一応、名前を聞けば皆が知っている大学を卒業して東京で就職もした。それから六年。理想の道を歩いていたはずなのに、全然楽しいとは思えなくて……。一流ともてはやされる会社に就職したのに、次から次へと仕事をオンされて、毎日深夜まで残業してフラフラで」

彼はその当時のことを思い出しているのか、苦々しい表情を浮かべている。

でも、残業でフラフラって、私に似てる？

「それでも必死に働いていたのに、ある日、先輩のミスを押しつけられて減給。ブラックもブラック。真っ黒な会社だったんだよ」

「真っ黒、ですか……」

話を聞いていると、どうやら踏んだり蹴ったりだったらしい。ということは、私の会社もブラックだったのか。私の場合、先輩のミスではなく会社のミスの尻拭いばかりしていたんだけど。

「そう。まぁ、いい大学も一流企業も、幸せの代名詞みたいに思ってた僕が悪いんだけどね」

彼の発言に心臓がドクンと音を立てる。私もそうだった。大手に就職できて舞い上がっていた。仕事の内容よりステイタスを気にしていた。もう少し小さい会社なら、希望していた商品開発部への配属を打診されていたのに、就職先を会社の規模で選んでしまった。

「千早。こいつはそんなことを気にしているわけじゃないと思うけど？」

「そうなの？」

話に聞き入っていると、モーがしびれを切らしたように口を挟んでくるので我に返る。その通り。それより知りたいのは、人の言葉を操る猫——モーのことだ。

「は、はい」

小さくうなずくと「モーのほう？」と尋ねられ、今度は大きく首を縦に振った。

「そっか。野澤さんのお孫さんなら、モーの言葉もわかって当然だと思っていたよ」

「どうして祖母のことをご存じなんですか？」

思いきって疑問をぶつけると、神月さんの代わりにモーが口を開く。

「先代の宮司が世話になったからだよ。お前のばあさんは、若かりし頃ここで巫女《みこ》をしていたんだ。お前はばあさんと同じ〝気〟を持っている」

「祖母が巫女を？」

それで孫だとわかったんだ。『気』と言われてもなんのことかさっぱりだけど。

しかし、どうやら眷属らしいが、猫にそんなに滑らかに話されても戸惑うばかりだ。

怖くなって一歩あとずさりすると、神月さんが気づいた。

「そうなんだよ。でも、そっか。モーの説明しないと怖いよね」

そう。核心はそこ。

「まず……モーの言葉が理解できるのは、今では僕だけだと思ってたんだけど……。ごめん、名前聞いていい？」

「渡瀬美琴です」

「美琴さんか。いい名前だね」

褒められて面映《おもは》ゆいが、それより話の続きが聞きたい。

「なにから話そうか。うーん、ここの神様はこの辺り一帯を守ってくれる氏神様とか、山の神様と思われているんだけど、実はそれだけじゃなくてね。ちょっと特殊な役割を背負っているというか。それにモーは係《かか》わっているんだけど」

奥歯に物が挟まったようなためらいがちの言い方で、『早く』と急《せ》かしたくなる。

「特殊な役割？」

「千早。見せたほうが早いだろ」

「そうだけど、大丈夫かな？」

神月さんは腕を組み、なにかをためらっている。

「大丈夫なんじゃない？　普通ならもう腰を抜かしてるぞ。なんだかんだ言ったって、この状況を受け入れているんだろ。さすが肝っ玉ばあさんの孫だな」

「待ってください。なんの話をしているんですか？」

「美琴。お前、ばあさんに聞いてもらいたいことがあるんじゃないのか？」

「えっ、私はなにも……」

モーに指摘されそうは言ったものの、鼓動が勢いを増したのに気づいた。

「へー、そうか。それじゃあその苦しみ、一生背負えばいいさ」

猫に突き放された言い方をされるなんて思ってもいなかった。なんだか、人に言われるよりショックかも。

「モー。意地悪がすぎるぞ。人は罪の意識があることは簡単には口に出せないと言っているだろ？　だから僕たちは、神様からいろいろ導き出してるんじゃないか。いくら野澤さんのお孫さんだからって乱暴だ」

神月さんの『罪の意識』という言葉に引っかかり、胸が苦しくなる。

「美琴さん、大丈夫？　コイツ悪いやつじゃないんだ。ちょっと面倒くさがりで毒舌だけど」

「毒舌は余計だ！　あぁっ、しょうがないな。やるか」

モーは深いため息をつき、拝殿のほうに歩いていく。

「すぐ着替えてくるから、ここで待ってて。これは普通見せないんだけど、美琴さんには見てもらったほうがよさそうだし」

「はぁ……」

だから、なにを始めるの？

尋ねようとした頃には、神月さんの姿は社務所の奥に消えていた。

それから十分ほどで姿を現した神月さんは、なんと袴姿で出てきた。さっきまで洗練された都会の雰囲気が漂う人だと思っていたのに、一気に〝和〟の香りが漂ってくるから不思議だ。しかし彼が纏《まと》う袴は、以前見たおそらく彼のおじいさんがはいていたような、紫に紋が入ったものではなく真っ白だった。

「待たせたね。ちょっと出かけててあんな恰好《かっこう》してたけど、これが見習いの姿」

彼は袴に触れながらそう口にする。

「おじいさん、紫色の袴をはいてませんでしたか？」

「よく知ってるね。袴の色は神職の階級をあらわしてるんだよ。見習いは木綿の白。神職に任用されると浅黄色。その上が紫で、もうひとつ上が紫に薄紫の紋が入ってる」

「あっ、おじいさんの」

思わず声を上げると彼は「残念。ちょっと違うんだ」とつぶやき続ける。

「さらにその上が、紫に白の紋。先代はこれをはいてた。そして一番上が白地に白の紋。これをはいている神主は、全国に百人もいないんだよ」

「そんなに細かく分かれているんですね」

これから神社に行ったら気にしてみよう。

「そうなんだよ。僕はまだ見習いだから当然宮司でもなんでもなくて、神道を学んでいるただの管理人。だから祈祷《きとう》も許されてないんだ。今はこの花咲神社の祈祷も別の大きな神社の宮司さんに兼任していただいてる」

そっか。跡を継ぐといっても簡単に宮司になれるわけではないんだ。

「千早、早くしろ」

「わかったよ」

私たちが話していると、拝殿からモーが急かしてくる。

「美琴さん、行こうか。美琴さんは悪いんだけど、今回は拝殿の外から見ててくれる？　巫女になったら中に入ってほしいんだけど」

『巫女になったら』と気になることを言い残した神月さんは、ビシッと背筋を伸ばし瞬時に顔つきを変え、拝殿に入っていく。もともと整った顔ではあるけれど、一層キリリと引き締まった。

空気が変わった。と言うべきか。拝殿の真ん中にちょこんと座っているモーの背中ですら、さっきまでとは違って見える。

きびきびとした動作で中に進んでいった神月さんは、なにやら巻物を箱から取り出し、モーの前に広げた。そしてモーの右隣に座り、グイッと顔を上げる。

「なにが始まるの？」

息をすることも忘れるような緊張感が漂ったかと思うと……。

「久久能智神よ。真実を映したまえ」

モーの低く唸《うな》るような声が聞こえてきて、目の前の空間がグワンと歪《ゆが》む。

「キャッ」

一瞬、真っ暗になったものの、すぐに光を取り戻す。しかし、私の目の前に広がるのは拝殿ではなく、祖母の家だった。

『美琴。そんなに焦らなくていいんじゃない？　美琴の夢を叶《かな》えたいっていう思い、おばあちゃんも応援してる。でもね、その選択は本当に夢につながるの？』

どうして……。どうして祖母が生きてるの？

しかもこの言葉、前に言われたことがある。それに……もうひとり、私がいる。

『当たり前じゃない。売り手市場なんて言われてるけど、希望通りの就職先の内定をもらえる人って少ないんだよ？』

『でも、その会社だと営業なんだろう？　美琴は誰にでも使いやすい文房具を作るんじゃなかったっけ』

祖母は決して声を荒らげることなく、諭すように私に話しかけている。

これ……祖母に最後に会ったときの光景だ。間違いない。でも、どうして？

呆然としていると、隣にスッと誰かが立った。驚き顔を向けると、神月さんだった。足下にはモーもいる。

「今、どうしてこの光景が映し出されているのか、僕たちにはまだわからない。だけど、美琴さんにはわかるんじゃないかな？　これを見なくちゃいけない意味が」

「見なくちゃ、いけない……」

彼に指摘され、肌が粟立《あわだ》つのを感じる。

「美琴。逃げているだけではなにも解決しないぞ。まだ続きを見たいか？」

次にモーにそう問われ、激しく動揺する。

見たく、ない。だって私は……。

「いつもはもっと先まで見るんだ。だけど、もしも美琴さんが自分で解決したいというなら、もう戻るよ」

「解決？」

そんなことできるの？　だって祖母は、もういないんだよ？

『そんなことわかってる。でもね、大きな企業で働けるっていうのは、周りの評価が違うの。お給料だっていいし』

『だけどねぇ。美琴は手の指の靱帯《じんたい》を切ってしまってうまく動かなくなったお友達のために文房具を作りたかったんだよね。それはいいの？』

あぁ、こう言われたこともはっきりと覚えてる。このあと私は――。

『おばあちゃんは理想ばかり――』

「もうやめて！」

もうひとりの私の言葉を遮りそう叫んだ瞬間、再び目の前が真っ暗になり、次に視界が開けたときには神社の拝殿の前に戻っていた。

「やめて……」

勝手に目から透明の液体が流れてくる。堤防が決壊してしまった川の水のように一気にあふれだしたそれは、頬を伝って次々と落ちていく。

神月さんが私をじっと見つめているのに気づいてうつむくと、彼はゆっくり近づいてきた。

「いいんだよ。誰だって過ちを犯すことがある。それを責める人もいるけど、僕は後悔して苦しんでいる人を責めたいとは思わない。美琴さんの涙は未来につながるよ」

未来に？　どうして後悔の涙が、未来につながるの？

「もう、どうにもならないんです。謝りたいのに、もう……」

震える声を振り絞ると、神月さんは私の隣に立ち、背中をさすってくれる。まるで泣きじゃくる子供をなだめる母親のように。

まだ私が小さかった頃、母に叱られ泣いていると祖母がこうしてくれたっけ。日の当たる縁側で『お母さんは美琴がかわいいから怒ったんだよ』って。

あんなに優しかった祖母に私は――。

「この神社は、特殊な役割を背負ってると話したよね。祀《まつ》られている久久能智神はとても気の優しい神様なんだ。伊邪那岐命《いざなぎのみこと》と伊邪那美命《いざなみのみこと》との間に生まれた自然の神様で、木の神と言われているんだけど、この町が緑であふれているのは、久久能智神のおかげなんだよ」

神月さんは唐突に神様の話をしだした。神様の存在を信じているほうではなかったけれど、商店街にも町のいたるところにも花々が咲き乱れていることを思い出し、妙に納得する。

「久久能智神は自然を守るだけじゃなく……救いたい人が現れると、木々を揺らして知らせてくれる」

たしかモーが『木がざわついてる』と言っていたけど、そういうこと？

「それじゃあ、私は久久能智神が〝救いたい人〟ということですか？」

「そうだね。そうすると、眷属であるモーの出番だ。モーは神託を降ろすことができるんだ。神はこの先どうすべきなのかヒントをくれる。さっきみたいにね」

「ふん。これをやると疲れるんだ。最初から美琴が口を開けばよかったんだよ！」

いつの間にか近くまで来ていたモーが、すこぶる不貞腐《ふてくさ》れた口調でそう言ったあと、太ったお腹《なか》をタプタプ揺らして社務所のほうに行ってしまう。

「だから、そんなに簡単じゃないって言ってるだろ」

そのうしろ姿にため息交じりの言葉をかける神月さんは、再び私に視線を戻した。

それって……『人は罪の意識があることは簡単には口に出せない』と言っていたことだよ、ね。

「ここは、境界線なんだ」

神月さんがまた妙なことを言い出すので首を傾げる。

「なんの、ですか？」

「生と、死の」

「生と死？」

次に放たれた彼の言葉に衝撃を受ける。

「そう。ここは生ける者と死した者の再会が許されている場所」

途端に胸がざわつき、呆然とする。

再会って……もしかして祖母に会えるの？

「それ、じゃあ……」

「誰でも会わせられるわけじゃない。さっき言ったように、久久能智神が必要だと思い木を揺らしたときだけなんだ。ただし、当事者が過去の後悔を清算して前に進むために、心の中で強く会いたいと願っていなければそれも難しい。ただのお節介になるからね」

「後悔を清算……」

思い当たることがありすぎて動揺を隠せない。

だけど、ということは私が願えば……会えるの？

「久久能智神が僕たちに見せてくれるのは、木をざわつかせた人が抱えている問題のヒントだけ。あとは眷属であるモーと、代々この神社を受け継いできた神月家の人間が、その当事者に会いたいと願う気持ちを促すことしかできない。結局、会えるかどうかは、本人次第」

「私次第ということですか？」

尋ねると、彼はうなずく。

「本当は、さっきの光景は当事者には見せないいんだ。悪い部分を切り取ったような光景になることも多いから、ときにショックが大きくて耐えられない人もいる。でも、巫女さんとしてこの作業を手伝ってきた野澤さんのお孫さんなら……」

祖母が、こんなことをしていたなんて初耳だ。

「いや違うな。美琴さんならと思った。モーが言ってたように、美琴さんはモーが話すことも怖がりながら受け入れている。それは多分、久久能智神が君を必要としていて……野澤さんのようにこちら側に立つ人間として呼んだと思ったんだ」

「こちら側って……手伝う側ということですか？」

でも私、都会で挫折して逃げてきただけのただの人間だよ？

「うん。ま、その話はまだ早いかな。とにかく、今は美琴さんの涙を解消できたらいいね。美琴さんが強く望めば、久久能智神が手を貸してくださるよ。もしも気持ちが固まったらまたおいで。待ってるから」

強く望めばって、祖母との再会を？

「千早！　早く飯にしてくれよ。腹ペコペコだ。今日は働いたんだから、イギリス産だぞ」

「はいはい」

『イギリス産』ってなんだろう。

感情のこもっていない返事をする神月さんは「食いしん坊の眷属がうるさいから行くね」と私に微笑《ほほえ》みかけてから、社務所に行ってしまった。

「私の、気持ち……」

不思議なことを一度に聞かされ、正直まだ混乱している。けれども、今までグチャグチャで苦しかった心の中がスーッと整頓されていく気がして、気持ちが穏やかだ。

ふと空を見上げると、あの催花雨ですら夢だったかのようにいつの間にか晴れ渡っていて、澄んだ空気が頬に触れるのを感じた。


翌日。私の足は花咲神社に向かっていた。

鳥居の前に立ち軽く会釈をして挨拶をしたあと、大きく深呼吸する。ここが生と死の境界線だと聞かされたからか緊張を隠せない。ただの寂れた神社だと思い足を踏み入れた昨日とは違った。

「来てくれたんだね」

神の領域に入ることをためらっていると、今日は袴姿の神月さんが社務所から出て来て声をかけてくれる。

「あっ、はい。昨日は、お賽銭を忘れちゃって……」

私がここに足を向けたのは、会いたい人に会いに来たからだ。でも、まだ迷いがあるからかとっさにそう答えてしまった。といっても、お賽銭を忘れたのは本当のことだけど。

「あはは。真面目なんだね」

彼は目を細めて笑う。

「あの、参拝の作法がわからなくて……」

「それじゃあ一緒にやろうか。まずは美琴さんの身を浄《きよ》めよう。こっちにおいで」

彼は私を手水舎に呼び、竹でできた柄杓を差し出してくる。それを受け取ると、彼も手にしている。こうして持っただけで気持ちが引き締まるのを感じる。

「まずは柄杓を右手に持って、左手を手水で清める。同じように右手もね」

彼の動作をまねしながら私もやってみる。

「次はもう一度右手に持ち直して、左手に手水をため、それで口をゆすぐんだ」

ここまでは昨日やった通りだ。間違えていなかったと胸を撫で下ろす。

「最後にもう一度左手を清めて……」

「あっ」

「どうかした？」

昨日は口をゆすいで終わりだった。

「昨日、左手を清めるのを忘れてしまいました」

「うんうん。忘れがちだよね。でも大丈夫。神様は懐が深いんだよ。神様を敬う気持ちさえ持っていれば、間違えても問題なし」

神月さんは優しそうな人だ。口元を緩める姿がしっくりくる。

「はい」

「さて、次は参拝だね」

彼に促され拝殿の前に進む。ここも神様の通り道である真ん中ではなく少し左寄りを歩く。

「軽く会釈をしてお賽銭かな。この十五度くらい頭を下げる軽い会釈は、神道では小揖《しょうゆう》と言われている。ちなみに、四十五度を深揖《しんゆう》、九十度を拝《はい》と言うんだ。他にも、祝詞を受ける間にする、平伏《へいふく》・磬折《けいせつ》なんていうのもある。このふたつの違いは、座礼か立礼かなんだけどね」

見習いとはいえ、さすが詳しい。だけど難しすぎて一度には覚えられそうにない。

目を白黒させていると、彼はそれに気づいたらしく「覚えなくても大丈夫だから」と励ましてくれる。

「はい」

それから神月さんと並んで会釈をした。彼はその間も背筋が伸びていて、会釈ひとつのことではあるが、所作の美しさが際立っている。

「次はお賽銭、ですね。五円がいいんでしょうか？」

よくそう耳にするけれど、本当のところはどうなのか知らない。

「そうだね。ご縁がありますようにという意味で、五円を入れる人が多いかな。まぁ、あまり縁起がよくないと言われる硬貨はあるけど、五円じゃなくても構わないよ」

「縁起が悪い？　どの硬貨ですか？」

財布を覗《のぞ》き込むと、五円と十円、そして百円玉がある。

「うん、十円は〝とおえん〟と読めるでしょ？　縁が遠ざかるというほうの〝遠縁〟を意味するからという理由で縁起がよくないと言う人もいる。あとは五百円玉。これ以上大きな硬貨がないよね。その〝硬貨〟を、効果てきめんの〝効果〟に置き換えると……」

「なるほど」

つまり、それ以上の効果がないという意味か。

「ま、これもこじつけだよね。昔は五百円の硬貨なんてなかったわけだし」

「なかったんですか？」

驚愕《きょうがく》の声を上げると、彼は「あ……」と口を開ける。

「そっか、知らないんだ。昔はお札だったんだよ。って、そんなに歳《とし》、変わらないか」

彼はクスクス笑っている。

「五百円って、お札だったんですか？」

全然知らなかった。

「うん。あっ、誤解しないで。僕も使ったことはないからね。でも、お賽銭に入っているのを見たことがあるんだ。なんにせよ、神を敬う心があればお賽銭の種類をそんなに気にしなくてもいいと思うけどね。だって、人間が言いだしたことなんだし」

彼はまた白い歯を見せる。

だけど、彼が口にすることはもっともだ。神様がそう言いだしたわけではなく、人が気にしているだけ。

とはいえ、そんなことを聞いてから十円を投げるのもはばかられて、五円を賽銭箱に入れた。

「そもそもお賽銭は、祈願成就のお礼として供えるものなんだよ。お願いを聞いてもらうためだと勘違いしている人のほうが多いんだけどね」

「そうだったんですね」

てっきりお願いをするときに供えるものだと思っていた。お礼のほうか。

「うん。だから『なになにが叶いました。ありがとうございます』とお礼をするのが正しいんだ。もし願い事があるとしても、『なになにできますように』じゃなく『こうするように努力しますから、どうか見守ってください』みたいに自分の気持ちを誓うといいかな」

それも知らなかったので、興味津々で話に聞き入っていた。

「でもまあ、すがりたくなる気持ちはわかるよ。僕も小さい頃はよくお願いしてたなぁ。点数の悪かったテストが見つかりませんようにとか、サンタさんが欲しいものを持ってきてくれますようにとか。神様にサンタのお願いって、神社の家系のくせしてとんだ大バカ者だよね」

彼はその頃のことを思い出しているのか、口角が上がっている。

たしかに、おかしい。

私が笑うのをこらえていると「笑ってもいいよ？」と指摘された。

「いえ……」

「僕も間違ったことをたっぷりしてきてるんだ。皆そうなんだよ」

ふとそう漏らした彼を見上げると、小さくうなずいている。それは、『過ちを犯してきたとしても大丈夫』と励まされているようで、胸の奥のなにかがコトンと音を立てて動いた。

「さて、次は鈴を鳴らそう。鈴を鳴らすのは、自分の邪気を祓《はら》うためなんだ」

「そうだったんですね。てっきり神様に参拝をお知らせするためなのかと……」

まさかそんな意味があるなんて知らなかった。

「普通、そう思うよね」

よく考えたら、神様を呼び出すなんてとんでもないや。

「そういう解釈をしている人もいるけど、鈴の音は、昔から邪《よこしま》なるものを祓う力があると言われてるんだ。だから、邪気を祓うものだと僕は思ってる」

彼の声は心の中から流れ出てきたように滑らかで、なにも知らないのに思わず同調してしまいそうになるような心地よさがある。その声色はすこぶる柔らかいけれど、表情は凛々《りり》しい。神様に仕え、心から敬っているんだと感じる。

鳥居をくぐることで俗世間と一線を画し、手水舎で手や口を清め、さらに鈴で邪気を祓い……。神はそこまで自分を清らかにしてからしか会えない存在だと神月さんは認識しているのかも。

私が鈴を鳴らす間、彼は拝殿にまっすぐな視線を送り続ける。その姿は、まるでもう心の中で神様と会話を交わしているかのようだ。

「で、これが皆一番迷うところ。参拝は二拝二拍手一拝だよ」

最初の拝は二回だったんだ。昨日は一回しかしなかった。

〝拝〟ということは九十度の礼ということだったはず。教わったばかりのことを復習しながら耳を傾ける。そして、彼につづいて深く頭を下げた。

「そして二拍手のあとに、お礼やこれからの誓いをするといい」

彼は私にそう言ったあと二度手を叩き、また拝殿をまっすぐに見つめ、そして目を閉じた。

私はなんのお礼をしたらいいんだろう。仕事に挫折して逃げるようにこの町に来て、なにかが叶ったということもない。

でも……そうか。

『神月さんとモーに出会えました。ありがとうございます』

私は心の中でそうつぶやいた。

人の言葉を操るモーと、それを受け入れている神月さん。驚き……というか、まだ夢かもしれないと半信半疑ではあるけれど、彼らに出会い、もやもやしている気持ちの原因がようやくはっきりしたから。それが解決するかどうかは別の話だけど。

お礼をしてからゆっくり目を開けると、神月さんはすでに目を開けていた。

そして最後に深く一礼。

ここまでの一連の動作で、なんだか心が洗われた。そして隣にいる彼も、参拝をする前より顔つきが精悍《せいかん》になったような。

「いろいろ教えてくださり、ありがとうございました」

「とんでもない」

神月さんの表情が柔らかくなったので同じように頬を緩めると、彼は突然なにかに気づいたらしく「あっ」と声を上げ、私のほうに手を伸ばしてきた。そして、そっと髪に触れるので、心臓がドクンと跳ねる。

「桜の花びら、ついてた」

その声をきっかけに社務所の横で咲き誇る大きなソメイヨシノの木に視線を送ると、桜の花が開花している。

「きれい……」

拝殿前の階段を下りて木に近寄り、空に向かって手を突き出す。背が届かず花に触れることは叶わないものの、少しでも近づきたかった。

「ソメイヨシノの寿命は六十年くらいと言われているんだ。でもこの木はもう八十年近くここにあるそうだよ」

桜の木も永遠なわけじゃないんだ。

「久久能智神に守られているからでしょうか」

「そうかもしれないね」

彼は私の隣に並び、柔らかい表情で桜を見上げる。

でも私は、祖母と一緒にこの桜を見上げていたことを思い出して胸がいっぱいになり、うつむいた。

「どうかした？」

すると彼は心配げに私の顔を覗き込んでくる。

「ごめんなさい。小さい頃、この桜をおばあちゃんと一緒によく眺めていたんです」

ここの桜には祖母との思い出がいっぱい詰まっている。

丁度一年前。祖母は心臓発作を起こし帰らぬ人となった。

あのとき、どうして――。

後悔の渦に呑み込まれて顔をしかめると、神月さんは口を開く。

「今日、ここに来たということは、心が定まったということだよね」

「……はい」

本当は鳥居をくぐるまでまだ迷いがあった。けれども、もし神月さんやモーの力を借りて祖母に会い、後悔を解消できたら……また新しい世界に飛び出していけるんじゃないかという考えが私を支配してやまない。

私が悪いのに、随分都合のいい言い分だ。でも、もし許されるならそうしたい。

とはいえ、神月さんの言った通り、罪の意識があることは誰にも知られたくない。私がした失敗は、自分の胸にだけとどめておきたいという気持ちもある。

祖母に懺悔《ざんげ》するということは、それを口にするということだ。神月さんにもモーにもバレてしまう。

「怖いよ、ね」

「えっ？」

「でも、僕もモーも、美琴さんのそばにいる。なにがあっても君を嫌いになったりはしないよ。心配ない」

それは、私のためらいをわかった上で、勇気をもって足を踏み出せと言っているの？

「……はい」

神月さんの励ましがうれしくて、笑顔を作りながらうなずいた。

やっぱり、祖母に謝ろう。

私たちが話していると、今日は姿が見えないと思っていたモーがどこからか現れ、私の足下にちょこんと座る。

「なんだ来たのか」

「たく、ツンデレにもほどがあるぞ、モー」

猫の世界にもツンデレなんてあるの？

緊張気味だったのに、おかしくてクスッと笑ってしまう。

「お前はデレデレだろうが。いつもはしわしわのばあさんばかり相手にしてるから、美琴が来てうれしいくせに」

「モーに言われたくないぞ。お前だって若い子を相手にするときは、鳴き声の高さを変えてるだろ」

「ふん。悪いか」

あれ、ケンカしてるの？ モーって眷属なんだよね。眷属って、もっとこう崇高な存在だと思っていたんだけど、兄弟みたいだ。

「あのっ」

雰囲気が悪くなったのを感じ口を挟むと、神月さんは我に返ったようにハッとして、バツの悪そうな顔をする。

「ごめん。さて、モー」

彼はモーのほうに視線を送り、なにやら目配せする。

「まったく、猫使いが荒い」

モーはぶつくさ言いつつも、拝殿へと向かう。

「美琴さん。会いたいという気持ちを心に強く持って。美琴さんはそれだけでいい」

「えっ？　……はい」

神月さんもモーも、詳しくは説明してくれない。だけど、祖母に会わせようとしてくれているのはわかったので、うなずいた。

私は昨日のように拝殿の前に立ち、また真ん中に座ったモーと、きびきびとした動きで巻物を広げる神月さんを見ながら、祖母の顔を思い浮かべる。

神月さんがモーの隣に座ると、またあの凛とした空気が漂い始め……。

「参る」

さっきまで悪態をついていたとは思えないような、モーのキリッとした声が拝殿に響く。

「久久能智神よ。導きたまえ」

昨日とは違う言葉をモーが吐き、今日は一瞬深い霧に包まれた。

怖い。なにが起こったの?

混乱し取り乱しそうになったものの、聞いたことがある女性の声で「美琴」と名前を呼ばれ振り向くと、拝殿の前の階段を下りたところに……。

「おばあちゃん?」

最後に会った日と同じように、私を優しく見つめる祖母の姿があった。

本当に、会えた……。

ここはたしか『生ける者と死した者の再会が許されている場所』だ。私の会いたいという気持ちが伝わって、祖母を連れてきてくれたんだ。

「久しぶりだね、美琴。元気でよかったよ」

祖母が昔と変わらない温和な声でつぶやくので、瞳がうるんでくる。

「おばあちゃん、私……私ね、謝らないといけないことがあるの」

そう切り出すと、神月さんが私の背中に手を添え、そっと送り出してくれる。それをきっかけに階段を下りて近づいて行くと、逝ってしまったはずの祖母が、私をふわっと抱きしめた。

「なにも謝らなくていいんだよ。美琴の気持ちはよくわかってるよ」

「おばあちゃん」

ダメだ。優しさに甘えていないで、きちんと謝らなきゃ。

「ううん。あの日……おばあちゃんに、本当はうしろめたく思っていたことをズバリ指摘されて、イライラして……」

祖母は私の告白に「うん。うん」と相づちを打ちながら耳を傾ける。

「おばあちゃんの言う通りだった。私は夕子《ゆうこ》が自分の手を不自由だと思わなくて済むような文房具が作りたかった。でも、大きなメーカーから内定をもらって、短大の友達にも先生にも『すごい』なんて持ち上げられて天狗《てんぐ》になって……本当の目的を見失ってた」

震える声を絞り出していると、祖母は私の背中をトントンと叩く。

「そりゃあそうよ。そうなるのが普通よ。誰もが知っている鉛筆や消しゴムを作っている会社だもの。だから美琴が間違った選択をしたと思ったわけじゃないんだよ」

「えっ？」

てっきり、会社の規模や知名度に魅《ひ》かれて就職したことをとがめられていたんだと思っていたのに。

「だってそうでしょ？　かわいい孫が頑張って手にした内定だもの。うれしくないわけがない。ただ、あなたの熱い想《おも》いを知っていたから、後悔しないか心配だったの」

そう、だったんだ……。

「ごめんなさい。おばあちゃんは心配してくれてたのに……。私、あんなこと……」

祖母に責められていると感じた私は、『昔の人に、今の学生の苦労なんてわかるわけない。おばあちゃんはただ、おじいちゃんにぶら下がって生きてきただけじゃない。私は自立したいの。口出ししないで』と口走った。しかも『もう顔も見たくない』とそのまま祖母の家を飛び出して、自宅に帰ってしまった。

そして、毎年季節の変わり目には顔を出していたのに、祖母の心臓発作の連絡をもらうあの日まで、本当に会いに行かなかった。最期にも間にあわず、あのときの暴言を謝ることすらできなかった。

「気にしなくていいんだよ。美琴が本気で言ったわけじゃないことくらいわかってる。おばあちゃんが余計なことを言ったんだよ」

「違う」

私は祖母から離れ、首を何度も振る。そして、しっかりと目を見て口を開いた。

自分の過ちをつまびらかにするのは怖い。だけど、今、向きあわないとますます後悔する。

「私……おばあちゃんが思っていた通りになっちゃった。本当は謝りに行きたかった。でも、自分の意志を貫かず就職を決めたことへの後悔がどんどん大きくなってきて。おまけに自分で選択したはずの仕事がつらくてたまらなくて……」

あふれてくる後悔の涙は止まらない。それでも、私は必死に言葉を紡いだ。

「あんなことを言った手前、おばあちゃんに会いに行けなかった。倒れたと聞いて、どうして素直になれなかったんだろうって、すごくすごく後悔――」

詰まってしまったけれど、祖母は優しい眼差《まなざ》しのまま私の言葉を待ってくれている。それはまるで、『全部ここで吐き出しなさい』と言っているかのようだった。

だから私は肩で息をしながら、続ける。

「後悔、して……。おばあちゃんの冷たくなった手を握ったとき、絶対に頑張って仕事を続けるって誓ったの。でも、できなかった。結局、逃げてしまった……」

うつむき、グッと唇を噛みしめて涙をこらえようとしてもうまくいかない。あとからあとから流れ出るそれは、境内の土に染み込んでいく。

「美琴。それでいいんだよ。美琴の心が壊れるくらいなら、逃げたっていいの」

祖母に思いがけない言葉をかけられ、もう一度視線を合わせる。

「逃げることは決して悪いことじゃない。誰しも間違えない人生なんて送れないんだよ。たくさん回り道をして、いろんなことを学びなさい」

「おばあちゃん……」

「美琴は小さい頃からお節介やきで、他人のことばっかり考えて、本当に優しい子。後輩のミスを庇《かば》ったり、得意先の無理難題に応えようと夜中まで走り回ったり……よく頑張ったじゃない」

「どうして知ってるの？」

呆然と見つめていると、口元を緩めた祖母は私の両肩に手を置いた。

「美琴のことは、なんでも知ってるのよ。おばあちゃんがこっちに来たときも、一晩中泣いてくれたよね。もうあれで十分なんだよ」

その瞬間、目尻にシワの寄った祖母の目からも、透明の液体がポロリとこぼれ落ちる。

「おばあちゃんの家に住んでくれてるんでしょ？」

それも知ってるんだ……。

「うん」

「うれしかったなぁ。美琴がまた会いに来てくれて」

祖母の柔らかな笑みを見てハッとした。あの家の居心地がいいのは、小さい頃からよく遊びに行き慣れ親しんでいるからだけじゃなく、祖母との思い出とぬくもりが詰まっているからなんだ。

「美琴が会いたいと思ってくれて、とっても幸せ。でも、もうおばあちゃんのことで泣くのはこれでおしまい。美琴は先に進みなさい」

祖母は私の頬に流れる涙をそっと手で拭いながら続ける。

「あなたには優しい心という武器がある。この先、どんな困難があっても、自分を信じて進みなさい。失敗してもいい、そのたびに苦しい思いをするかもしれない。だけどね、たっぷり泣いたらまた顔を上げて前に進むの」

「前、に……」

「そう。美琴はおばあちゃんの自慢の孫なのよ。自信を持って。おばあちゃん、陰ながら応援してる」

祖母はそう私を諭したあと、ギューッと抱きしめてくれる。

「おばあちゃん、本当にごめんなさい。私……もっともっと頑張る」

「ふふ。美琴は頑張りすぎなんだから、ちょっと手を抜くくらいで丁度いいのよ。おばあちゃんは、いつでも美琴の味方だから。それだけは忘れないで。約束よ」

祖母が私から離れて、小さい頃よくしていたように小指を差し出すので、私は自分の小指を絡めた。

「指切りげんまん。嘘ついたら針千本飲ーます」

ちっとも変わらない張りのある声で高らかに歌う祖母は、満面の笑みを浮かべて指を解くと、一歩二歩と私から離れ……小さくうなずいたあと、ふと姿を消した。

『幸せになるのよ』

木々の間を走り抜けてきた風がそんな声を運んできたので、頬を緩める。

「ありがとう。おばあちゃん」

私は空を見上げ、声を張り上げた。すると、祖母の笑顔が一瞬見えた気がした。

「素敵な人なんだね」

隣に立った神月さんにそう言われ、大きくうなずく。

祖母は私の自慢だ。優しくて包容力があって、なにより強い。

「神月さん、ありがとうございました。お見苦しいところをお見せしてしまいましたが――」

「見苦しくなんてないよ。美琴さんの涙は、とってもきれいだった」

そんなに優しくされたら、また泣きそうになるじゃない。

「ありがとうございます」

「はいはい。盛り上がっているみたいだが、千早はたいしてなにもしてないと思うけど？」

私たちの間に大きな体をねじ込んで入ってきたモーが、不貞腐れた声を出す。

「なにが言いたいんだよ。そりゃまあ、モーも活躍したけどさ。一番頑張ったのは美琴さんだ」

「私？　私はなにも……」

「ううん。自分が失敗したと思ってることに向き合うのって簡単じゃないんだ。よく頑張ったと思うよ」

「なんだ偉そうに。説教か？」

またロを挟むモーは、「腹減ったぞ。今日もイギリス産に決まりだな」とぶつくさつぶやく。

「イギリス産ってなんですか？」

昨日から気になっていることを尋ねると、神月さんはモーをギロッとにらみ口を開く。

「コイツ、食通でね。イギリス産のとある缶詰が大好物なんだよ。通販でしか手に入らなくて、僕の食べるツナ缶よりずっと高い」

えっ、食べ物のことなの？　神月さんが『食いしん坊』と言っていたけど、本当なんだ。

「ただ働きさせようって？　そんなの甘いわ」

「ひとりじゃ巻物を広げることもできないくせして。昨日のがラストだったからもうないぞ」

「はっ、在庫管理はちゃんとしろよ！」

またケンカが始まった。

「ちょっと、ストップ！」

慌てて割って入ると、ふたりはプイッと互いに顔をそむける。面白いかも、この光景。

「それじゃあ、私が通販で購入しますから。サイト教えてください」

「おっ美琴、いいやつじゃないか」

モーは途端に目を輝かせる。

「甘やかさなくていいって」

神月さんはそんなふうに言うけれど、自分のツナ缶より高いイギリス産のキャットフードを買ってあげているのだから十分甘い。

モーは神月さんの言ったことはスルーして、満足顔をして社務所のほうに戻っていく。しかし、途中で立ち止まり……。「美琴は巫女をやれ。それが今日の報酬でいい」と言い残して、行ってしまった。

「巫女？」

怪訝《けげん》な声を発すれば、神月さんが意味深な笑みを浮かべる。

「美琴さん、もう次の仕事決まってる？」

「いえ、これから探そうと思っていたんですけど……」

まさか、本気で巫女をやらせようとしているの？　務まるわけがない。なんの知識もないんだよ？

「それならどうかな？　年末年始とか、お祭りのときとか、忙しい時期は頑張ってもらわないといけないけど、ブラックではないことは保証する」

「ブラックって……」

神月さんの言い方がおかしくて、つい噴き出してしまう。

「美琴さんがここに導かれてきたのには意味がある気がするんだ。野澤さんが呼んだのかもしれない。もしかしたら久久能智神かもしれない。わからないけど……きっと美琴さんには誰かを救う力があるんだと思う」

「まさか」

私がそう漏らすと、神月さんは首を振る。

「だってモーの話してること、わかるでしょ？」

「まあ、そうですけど」

うなずくと彼はにっこり微笑む。

「実は僕もそうなんだ。僕の父は、モーの言葉はわからなくて」

「え！」

神月家の人は皆、理解できると思っていた。

「僕もなんだかよくわからないんだけど、なにかしら役割を与えられて生まれてきたのかなと思ったら、ここは僕が継ぐべきかなと思ってね」

「役割……」

私にもそれがあると？

「もちろん、無理強いはしない。でも、モーと美琴さんと一緒に、これからも誰かを幸せに導けたらうれしいけどな」

神月さんは目を細め白い歯を見せる。

誰かを幸せに……。そんなことが私にできるだろうか。

だけど、祖母に会えて謝罪できた今、ずっと凍っていた私の心の中には温かい空気が流れている。もしもこの感覚を他の人にも味わわせてあげられるなら――そのために私になにかできることがあるのなら、と考える。

「ちょっと朝は早いかも。僕は七時くらいから境内の掃除をしてるけど、八時くらいまでに来てくれるとありがたいなぁ。質素だけど昼食はつけるよ。もし、気が向いたら……。明日、待ってる」

『気が向いたら』なんて言いながら、ちゃっかり『待ってる』と付け足す彼は、その矛盾に自分でも気づいているのかクスッと笑う。

「わかりました」

ひと晩ゆっくり考えよう。祖母の思い出が残る、あの家で。

そんなことを考えながら、私は神社をあとにした。

第二章

空を飛べたら

翌朝は六時にパッチリ目が覚めた。しとしとと夜通し降り続いた雨がやみ、東の空には太陽が顔を出している。

「おはよー」

さっと顔を洗って身支度を整えてから、窓を開けて電線にとまっているスズメに挨拶をしたりなんかして。なんだか私、浮かれてる。

目標を見失ってさまよっていたのに、神月さんとモーに導かれて、また新しい道を見つけたような気分だ。って、大げさか。

朝食を済ませ、上着を手にして玄関を出たあと振り返る。朝早いからかまだ肌寒い。

「おばあちゃん、やってみる。今ね、なんだかとっても心が満たされてるの。見ててね」

ひと晩考え、巫女をやってみることに決めたのだ。

なにができるかなんてわからない。もしかしたらまったく役に立たないかもしれない。でも、それでいいじゃない。祖母も『たくさん回り道をして、いろんなことを学びなさい』と言っていた。失敗したら、また始めるだけ。

こんな前向きな気持ちになれるのは久しぶりだ。それもこれも、祖母に再会できたからに違いない。

もうすでに花壇で蜂が蜜を集め始めているものの、まだ店頭のシャッターが閉まっている商店街を通り抜け、花咲神社にたどり着く。

「お邪魔します」

まずは鳥居の前で一礼。今日は神月さんを見習って、いつもより背筋を伸ばし十五度の会釈。教えてもらったばかりの小揖というおじぎだ。

それから参道の左端を通って境内に足を進めると……「ミャー」という鳴き声が聞こえてきた。

「モー？」

キョロキョロあたりを見渡していると、手水舎の陰からモーがひょっこり顔を出した。

「なんだ、美琴か」

今しがたかわいい声で鳴いていたというのに、ふてぶてしい態度。この光景を目の当たりにすると、モーが神様の使いにはどうしても見えない。巻物を前にしたときは、しっかり役割を果たしているのが信じられない。

「モー、どうかした？」

すると今度は神月さんの声もして、彼も拝殿の裏手から竹ぼうき片手に顔を出した。

「あっ、美琴さん！」

モーと会話を交わすと思いきや、彼は私に視線を移す。

「来てくれたんだね。うれしいよ。巫女装束そろってるんだ。こっち」

私はまだ巫女をやるとは言ってないんだけど……気が早い。だけど、神月さんが本当に喜んでいるのが伝わってくるので、うなずいた。

「なんだ美琴。やる気になったのか。こき使ってやる」

そんな毒を吐くモーは視線を合わせようとしない。神月さんがツンデレなんて言っていたけど、もしかして照れてるのかしら？

そういえば……。

「はい、これ」

私がバッグから袋を取り出しモーの前に差し出すと、どうやら鼻が利くらしいモーはその中身にすぐに気づいた。

「お前、いいやつだな」

昨日、駅前の大きなペットショップ『ココワン』で見つけたキャットフードは、イギリス産ほどではないかもしれないけれど、【人も食べられる】なんてうたい文句がついていたので、悪い物ではないと思う。

食べ物のことになると『いいやつ』を連発するモーがおかしくてたまらない。本当に眷属なんだろうか。ちょっとしゃべるだけの、かわいい猫だ。いや、しゃべるのは〝ちょっと〟で済ませられないけれど。

「美琴さん、気を使わせてごめん」

なかなか社務所に行かなかったからか、神月さんが戻ってきて申し訳なさそうにしている。

「いいえ。私……モーとも仲良くなりたくて」

「うん。よろしく。楽しくなりそうだ」

神月さんの頬が途端に緩む。そして私もワクワクしてる。

それから神月さんに案内された私は、初めて巫女装束を手にした。神聖な装束を手にして少し緊張気味の私に彼は話しかけてくる。

「着られるかな？」

「はい。多分、大丈夫です」

実は巫女として働くことを決意したあと、着付けについてネットで調べたからなんとなくわかっている。

「それじゃ、あっちで待ってる」

「はい」

私は早速着付けを始めた。まずは白衣《はくえ》を身に纏い、次に緋袴《ひばかま》。袴は行燈袴《あんどんばかま》と言われるいわゆるスカート型で、腰の部分に上指糸《うわさしいと》という白い糸の装飾が施されている。

着替えている最中から、なぜか心のもやがスーッと晴れるような妙な感覚がある。なにもわからない私が、こんな装束を纏い神様のそばで働くことにためらいがないわけではないけれど、精いっぱいお仕えしよう。そんな気持ちで満たされた。

◇◇◇

この町の好きなところは、草木や花々があふれていることだ。

町の中心にある花咲商店街は、子供の頃とは違いめっきり客足も減ってしまった。

七五三のときに着物をあつらえてもらった呉服店は、かろうじて営業をしているようだが、レンタルが主になり、着物の販売は少なくなっているらしい。

私の大好きだった和菓子屋は、軒下でみたらし団子を焼いていたのにそれもなくなり、饅頭《まんじゅう》が置かれているだけになった。

ただ、通りの真ん中にある細長い花壇は健在で、特に春のこの時季はたくさんの花が咲き乱れ、これを見に来るだけでも価値があると思わせる。

商店街の先にある花咲神社には、もう何度足を運んだのだろう。小さな頃は境内で友達とかくれんぼをして遊んだものだ。

今思えば、賽銭を投げることも手を合わせることもなく、ばち当たりだったような気もするが、その頃は神の住む場所なんて考えはなく、ただの遊び場だったのだから仕方がない。

久々に鳥居をくぐり、肺がいっぱいになるまで息を吸い込む。

ここの空気は外の世界より温度が少しだけ低く感じる。それは、人の姿もまばらだからなのか、周りに木々が生い茂り太陽の光を和らげているからなのかはわからない。

今日、四月二日は私にとって毎年特別な日だ。

あの日からもう十年。何度も何度もここに足を向けようとしたのに、こうして来られたのは今年が初めて。

「もっと早く来ればよかった……」

拝殿の前でつぶやいても、神様は当然なにも言ってくれない。

ここに来なかったのは自分の意思だ。いや、何度も鳥居が見えるところまでは来たけれど、罪悪感が私を止めた。

あのとき私は、彼に嘘をついて傷つけてしまった。そんな私に、ここに来る資格なんてなかった。

「やっと来られたのに……」

十年目にしてようやく足を踏み入れられたのに、私が選択できる道はもうひとつに決まっているなんて皮肉だった。

ちらほら咲き始めている桜の花びらを花嵐が鮮やかな天色《あまいろ》の空に舞わせる。その瞬間、私の胸まである長い髪もフワッと持ち上げられる。

「明彦《あきひこ》くん……」

私は思わず愛《いと》おしい人の名を口にした。

——高校で知り合った菅原《すがわら》明彦くんは、私のこの髪をいつも褒めた。真っ黒で重いと思っていたのに彼はいつも『きれいだよ』と言ってくれた。だから私は、肩のあたりまでしか伸ばしたことがなかった髪を、胸まで伸ばした。

彼の髪は生まれつきほんの少し茶色がかっていて、高校生のときはよく先生につかまり、『黒くしてこい』と理不尽なことを言われていた。真っ黒な私と並ぶと余計に目立ってしまうから、先生がいるときには近づかないようにしていたのに、お構いなく私の隣にいたがった。私はそれがうれしくてたまらなかった。

同級生の彼は、私の憧れの人だった。陸上部に所属するハイジャンプの選手で、来る日も来る日も部活にいそしんでいた。

実は私も小学生の頃から足が速く、陸上部で短距離の選手をしていた。中学生になり適性のあったハイジャンプに転向し、中一の夏に県大会でいきなり三位入賞と注目されるような選手だった。

けれども、練習に没頭しすぎたせいか足首を疲労骨折してしまい、その後、骨折は治癒《ちゆ》したものの微妙な感覚が狂ったらしく、まったく成績が伸びなくなった。

片足で踏切り空が近づくあの瞬間がたまらなく好きだったのに、周囲の大きな期待がプレッシャーとなり追い込まれてしまった。そして……中学三年生の夏。県大会に出場すらできなかった私は、あっさり跳ぶことを放棄した。

それから、競技を視界に入れないようにしてきた。踏ん張れなかった自分の弱さが罪悪感として次々と襲ってくるからだ。

高校に進学し、登下校のときにグラウンドの片隅でひたすら縄跳びを続けている菅原くんに気がついた。彼は二重跳びはもちろんのこと、三重跳びも連続で何回もこなせて、強いバネとよいリズム感を持っているように感じた。

私もハイジャンをしていた頃に縄跳びを練習に取り入れていたので、あの頃の記憶が鮮明に蘇《よみがえ》ってきた。思い出したくなかったはずなのに、胸が熱くなる。ひたすら歯を食いしばって練習にいそしみ、空を見上げていた頃の輝いていた自分が、ふわっと頭に浮かんだ。

頑張っていた自分まで忘れなくてもいいのかも……。

菅原くんの姿を見て、少しだけそんなふうに思うことができた。

挫折をして、競技から離れたことについて言い訳をするつもりはない。私はたしかに弱かった。でも、必死にハイジャンに打ち込んでいた私も存在する。

入学してから一ヵ月。

「えっ、嘘……」

ただひたすらに縄跳びを続けていた彼が、ハイジャンの練習を始めたのに気がついたときは、言葉を失い立ち尽くしていた。

陸上部の面々と一緒にランニングをしていたので、陸上部であることはわかっていたが、それまで縄跳びと短距離走しかしていなかったので、てっきり短距離の選手だと思い込んでいたのだ。まさか、ハイジャンのための基礎トレーニングだったとは。

もう見ないと決めていたのに、視線を逸《そ》らせなくなった。

ゆっくり始まる助走はすぐさまスピードを増し、空に届けとばかりに地面を強く蹴って跳び上がり、体をしならせてバーを越える。太陽を背負い跳ぶ様は、そのモーションがあまりにも美しく、声も出ない。

あぁ、うまい選手というのはこういう人のことを言うんだ。と納得したほどだった。

そんな彼が、一ヵ月もの間黙々と基礎トレーニングだけを続けていたなんて。早々にあきらめた私はなにをやっていたんだろう。バーを跳ぶのは控えて、私もそうしていれば違ったかもしれない。跳べないのは練習不足で筋力が衰えていたというのも理由のひとつだったのに、地味な練習だけというのはつらくて逃げてしまった。

過去を思い出し胸がチクチクと痛み苦しいけれど、同時に彼へのリスペクトの気持ちが湧いてくる。ずっと探していたものが見つかったような感覚が走った。

鮮やかな跳躍を目にしてからは、放課後の陸上部の練習を毎日物陰からこっそりと観察するようになった。

不思議なことに、挫折してしまった罪悪感や後悔よりも、彼が悠々と空へと近づく瞬間を見ていたいという欲求が勝った。

スタート位置につき深呼吸をして精神統一している姿。走り始める前に一度目を閉じるのは彼のルーチンワークで、バチッとその目を開いた瞬間の精悍な顔つき。リズムよく長いリーチで助走をし、あっという間に宙を舞ったときの美しい姿勢。そしてなにより、高い位置にあるバーに挑むときの真剣な眼差し。

それらすべてが私の心を捉えて離さなかった。


二年生になり、七月の初めの若葉の香りを含んだ薫風《くんぷう》が吹いたその日。

「あっ」

菅原くんは調子が悪いらしく、何度もバーを落としていた。

悔しそうに唇を噛みしめる彼はついには跳躍をやめてしまい、グラウンドの隅に座り込んだ。

挫折して競技から遠ざかってしまった私が、彼を励ますなんてことできるはずもない。でも、菅原くんが高く跳ぶことにひたすら情熱を傾け続けてきたことを知っていたので、恐る恐る近づいた。

「お疲れさまです」

たったそのひと言を口にするのに、どれだけ勇気が必要だったか。

それまで話したことすらなく、クラスも違う彼に話しかけるなんて、引っ込み思案な性格の自分にできるはずがないと思っていた。だけど、彼のつらそうな顔を見ていると、いつの間にか口が動いていた。

「君、誰だっけ」

「E組の長嶋《ながしま》です」

「そう。見てたんだ……」

菅原くんはこめかみから滴る汗を無造作に拭い、眉根を寄せる。

「菅原くんの、ハイジャンプのファンです。菅原くんが空を泳ぐ姿がとってもきれいで――」

「どこが？」

彼は怒気を含んだ声で私の言葉を遮る。

「適当なこと言わないでくれ。空なんて泳げない。俺には無理なんだ」

余計なことを言っただろうか。でも、彼はたしかに空を泳いでいる。

初めて彼が跳んだところを見かけたとき、もっとずっと低いバーにチャレンジしていた。フォームは美しかったが、それほど高いバーが跳べていたわけではなかった。

それでも何度も何度も挑み、初めてその高さを跳べたときの小さなガッツポーズと満足げな笑みは、今でも容易に思い出すことができる。

それからバーは徐々に上がり、今では先輩を押しのけ陸上部で一番高い空をつかめる。それは、彼がコツコツ練習してきた成果だ。

「そんなことないです。菅原くんはいつも空と同化してました」

「跳べないんだ。もう、俺はダメなんだ」

彼の悲痛な声に心が痛む。どうしたんだろう。

「あの……」

「来週の大会に出られなければ、インターハイには行けない。それなのに……」

菅原くんはチラッと右ひざに視線を送る。

まさか、故障？

彼はいつも右足で踏切をする。足一本で体重を支え、なおかつ高く跳び上がるというのは想像以上の負担を強いられているのかも。

「ケガをしたんですか？」

彼は私の問いかけに答えることなく、視線を地面に落とす。その様子を見て、右足が痛むと確信した。

「インターハイは、また来年もあります」

「わかったような口を利くな！」

突然声を荒らげた彼に驚いたものの、ひるんではいられない。

「ごめんなさい。でも私、菅原くんがどれだけ努力してきたか知ってます。最初はクリアランスのとき体が傾いてしまい、バーを落とすことも多かったですよね」

そう声をかけると、彼は顔を上げて目を見開いた。

クリアランスというのは、バーを越えるときの動作を言う。彼はそれに少し癖があった。と言っても、フォームの美しさは息を呑むほどで、おそらく専門的にやっていなければ気がつかない乱れだ。

「それを直すために、何度も何度も立ち高跳びをしていましたよね」

立ち高跳びは、助走せず屈伸運動のみで反動をつけてバーを跳び越える練習のこと。クリアランスが不安定でも偶然跳べることもあるのだから、本当ならどんどん高いバーに挑戦していきたかったはずだ。実際他の部員はそうしていた。しかし彼は、自分の姿勢に問題があると知り、助走をつけての練習はいったんやめて、基礎トレーニングを徹底的にこなした。

彼は初めて見かけた頃も、縄跳びばかりをしていた。地味な練習も怠らず、体の基礎を作ってから競技に挑む。こんなことはなかなかできることじゃない。基礎トレーニングはつらいことばかりだから。

「その結果がこの高さです。コツコツ積んだ努力は、裏切らなかったんです」

そうしたことを嫌がらずにやってきたから、他の選手を一気に追い抜くことができた。

「見て、たの？」

私は彼の問いかけにうなずいた。

それから菅原くんの態度が一変した。最初は私のことを警戒しているような様子だったのに、表情が柔らかくなった。

「俺なりに頑張ってきたつもりだったんだけど……結果が出せないんだからどうしようもない」

彼の落胆した声に、私は首を振る。

「こんなに高いバーを跳べるようになったじゃないですか」

「でも、肝心の試合で跳べないんだ」

彼は再び顔をゆがめる。そして私は、その気持ちが痛いほどわかった。

「今はケガを治して、来年また……」

「そんなに簡単なことじゃない！」

菅原くんは声を震わせる。

その通りだ。練習を休めば感覚も狂う。元通りこの高さを跳べる保証などどこにもない。それを経験した私が、一番よく理解している。

「わかってます。でも、菅原くんならできます。ちゃんと基礎トレーニングを積んできた菅――」

「勝手なことばかり言わないでくれ」

私の言葉を遮った彼は立ち上がり、一瞥《いちべつ》して立ち去った。

「怒らせちゃった……」

毎日の走り込みや筋トレも欠かさず行い、来る日も来る日もあのバーと対峙《たいじ》する。気の遠くなるような練習の結果がケガで終わりなんて悲しすぎる。私もそうだったので落胆は手に取るようにわかるし、胸が痛まないわけがない。

「このまま終わっちゃうの？」

もしインターハイに挑戦すらできなかったら、彼はハイジャンをやめてしまうんだろうか。自分が通ってきた道がふと頭をよぎり、呆然と立ち尽くす。

「やめないで」

そんなことを私が言う資格がないのはわかっている。でも、どうしても続けてほしかった。

翌日。彼は放課後の練習に現れなかった。

もしかして私のひと言が彼を傷つけたのなら、謝らなければ。彼にどうしても競技をやめてほしくない。

「どこにいるの？」

もう帰ってしまったかもしれないと思いつつ、でもきっと練習に来る。まだ学校のどこかにいるはずだ。という一縷《いちる》の望みにかけて、学校中を探し回った。

探し始めて一時間。息が上がってきた頃、体育倉庫の陰でなにかが動いたのに気がついた。

「菅原くん……」

そこにいたのは、目を真っ赤に染めた菅原くんだった。

「またお前かよ。見んな」

彼は私に背中を向ける。だけど、立ち去ることなんてできない。その苦しげな顔が私の足を引きとめた。

でも、なんと言葉をかけたらいいのかさっぱりわからない。また余計なことを言って傷つけたらと思うと怖い。だからなにも言わずに立っていた。

それからどれくらい経ったのだろう。太陽が西の空を真っ赤に燃やし始めた頃、彼はようやく振り返った。

「長嶋さんって、結構しつこいんだね」

「ごめんなさい」

やっぱり帰るべきだったと思いつつも口を開いた。

「私……実はハイジャンをやっていました」

告白すると、菅原くんの目が大きくなる。

「そこそこの成績も残していました。でもケガをしてしまって……。そのあと成績が振るわず、期待されているのがつらくなってやめてしまったんです」

正直に話すと、彼は二歩私に近づく。

「そう、だったんだ。それで詳しかったんだね」

うなずき、再び話し始めた。

「逃げた私がもう一度這《は》い上がってくださいなんて言える立場じゃないとわかっています。でも、菅原くんが苦しい基礎トレーニングを黙々とこなしている姿を見ていたら、この人なら絶対にやれると思ったんです」

随分勝手な言いぐさであることは百も承知だ。それでも、この気持ちをぶつけずにはいられない。

『迷惑だ』と言われるに違いないと、うつむき次の言葉を待っていた。

「そっか。それじゃあ頑張らないとね」

それなのに、彼は私の目の前まで歩み寄り、思いがけない発言をする。

「菅原くん……」

「長嶋さんの期待に応えられるかどうかはわかんないけど、『絶対にやれる』なんて言われたら、やるしかないじゃん」

つい先ほどまで沈んでいた菅原くんの瞳の奥に炎が見えた気がした。

「さっき顧問に、今年のインターハイはあきらめるって言ってきた」

「うん」

だから、悔しくて泣いていたんだ。

「でも俺、やっぱ空が好きなんだよ。空を飛びたいんだ」

「……うん」

彼の勇気ある決断に感極まってしまい、勝手に涙があふれてきて止まらない。

「責任とって」

「責任?」

なんのことかわからず首を傾げると、彼は私にまっすぐな視線を向ける。

「俺、またいちから始める。そうしろって言ったのは長嶋さんだから、ちゃんと支えになってくれないと困るんだ」

「菅原くん……」

「俺の努力、褒めてくれよな」

「うん。もちろんだよ」

大きくうなずくと、彼は私の前に右手を差し出す。

握れと？

ためらいながらもその手を握ると、「これで運命共同体なんだから、どんどん褒めろよ」と彼は左手で止まらない私の涙を拭った。


ケガが治ったあとも簡単には調子が戻らずイライラする日もあったけれど、彼がバーを見つめる目には魂がこもっていた。

そして三年生になると、一気に調子を上げてきた。少しずつ空が近づき……いつしかケガをする前のベストを更新し、ついにはインターハイの切符を手に入れた。

そして、全国の精鋭が集まるその試合で、なんと三位で表彰台に上がるという快挙を成し遂げた彼のことが、私は誇らしくて仕方なかった。

「おめでとう！」

大勢の観衆に交ざり、表彰台の菅原くんに向かって精いっぱいの声を張り上げる。するとが声届いたのか、彼は私に向かって銅メダルを掲げた。

それからすぐに彼の姿がよく見えなくなった。涙のシャッターが彼と私の間を遮ったのだ。私はひたすら歓喜の涙を流し続けた。

泣きすぎて恥ずかしく、観客席から離れて競技場の通路で気持ちを落ち着かせようとしたけれど、うまくいかない。

だって……。苦しいときの彼の努力も、ずっとそばで見守ってきたからだ。

それまで簡単に跳べていた高さが跳べなくなり、一時は表情も暗かった。だけど、『俺のダサい姿も、ちゃんと見てろよ』と私に告げ、何度もバーに挑んだ。

ちっともダサくなんてなかった。最高に輝いていた。自分ができなかったことを成し遂げようとしている彼を心から尊敬していた。

だから私は目を逸らさず、その努力をしっかりと目に焼き付けた。

「加奈子《かなこ》」

いつしか彼は「長嶋さん」ではなく「加奈子」と呼ぶようになっていた。そして私も「菅原くん」から「明彦くん」へ。

「明彦くん、おめでとう」

私に気づいて近寄ってきた彼に泣かずにお祝いの言葉を言いたかったのに、どうしても声が震える。

「ありがと。でも一番上がよかったな」

彼はそうつぶやきながらも満面の笑みだ。

そして、首からかかっていた銅メダルを外し、なんと私にかけてくれる。

「重いね」

「うん。一年分の努力が詰まってる」

『一年じゃないよ。もっと前からだよ』

そう言いたいのに胸がいっぱいで、言葉が出てこない。

「なんだ、まだ泣くの？」

明彦くんはそんな私を見てクスクス笑っている。

「加奈子。かっこ悪い俺に付き合ってくれてありがと」

そう言われたとき、あぁ、これで〝運命共同体〟だった彼との関係は終わるんだと胸が痛くなった。

インターハイを終えると、三年生は引退。私が練習に付き添うこともなくなる。

毎日グラウンドで見ているだけの日々だった。私にできることなんてほとんどなく、ただ、時々スポーツ飲料を差し入れしたり、タオルを渡したりするだけ。でも、一緒に戦っている気持ちになり、私の心も大空を飛んでいた。

「ううん。すごくかっこよかったよ。お疲れさま」

いつしか私は、彼をハイジャンの選手としてだけでなく、ひとりの男の子として好きになっていた。だけど、明彦くんとの関係を崩したくなくて、想いを口にする勇気がない。私の片思いは実ることなく終わる。

私は胸がチクチク痛むのを感じながら、唇を噛みしめた。

「加奈子。これで俺は引退するけど……」

彼はそこまで言うと、私の両肩に手を置き、真摯な視線を送ってくる。

「これからも俺のそばにいてくれないか？」

「えっ……」

どういう、意味？

「俺、加奈子のことが好きなんだ。もう一度ハイジャンできるかどうかもわからない俺を信じ続けてくれた、加奈子が」

嘘……。明彦くんが、私を好き？

混乱して、目をキョロキョロさせるだけで精いっぱい。

「ダサい俺ばっかり見てたから、こんなことを言われても困るか……」

するとそう口にしてうつむいてしまう。

違うのに。そうじゃないのに。

「そんなことない。何度も何度も空に挑んでいる明彦くん、輝いてた。ホントだよ」

「加奈子……」

「私も、そんな明彦くんが、好き。……あっ」

思わず声が漏れたのは、彼が私の手を力強く引き、腕の中に閉じ込めたからだ。

「はー。フラれると思ってた」

「そんなわけないよ……」

だって、空を舞うあなたは最高に素敵だったもの。

「大切にする」

「うん」

彼はそうつぶやいたあと私から少し離れ、恥ずかしそうに微笑んだ。

明彦くんとの交際はすこぶる順調だった。

彼はインターハイで優秀な成績を収めたことで、大学からスポーツ推薦のお誘いがかかり、東京の大学への進学が早々に決定した。

でも私は……両親の意向もあり、家から通える大学の受験しか許してもらえなかった。本当は明彦くんと一緒に東京に行きたかったのに。

それでも、彼は私とは違い落胆なんてしていなかった。遠距離になっても気持ちは変わらない。バイトしてお金を貯《た》めて会いに行くと。

私も無事に大学の合格を勝ち得た三月。下宿先を探しに行く彼と一緒に上京した。

そのときに、大学の陸上部の顧問にも会うことができた。時間を潰して待っているからと遠慮したのに明彦くんは連れていくと聞かず、顧問に私を紹介してくれた。

きちんと『彼女です』と言い切った彼は、離れることで不安だらけだった私に、精いっぱいの誠意を見せてくれたんだと思う。

そんな明彦くんのことがますます好きになった。

そのときの私は、ちょっと舞い上がりすぎていたのかもしれない。

東京からこの町に帰ってくる間、彼の手をずっと握り、幸せを噛みしめていた。

◇◇◇

巫女装束を身に纏い、巫女見習いとして花咲神社で働き始めてから五日。

難しいことは徐々に教えると言われ、とりあえず境内の掃除と、氏子さんたちとの雑談がお仕事になった。

しかしその掃除も、決して神様に向かって掃いてはいけないという決まりがあることを教えられ、神道の奥深さを知った。

一から十まで教えてもらわなければならない私だけれど、花咲神社では祖母以来の巫女らしく、氏子さんたちがとてもかわいがってくれてホッとしている。

なんの資格も持たない、神道に興味すらなかった私が温かく受け入れてもらえるという現実に感動して、とにかく笑顔を作ることだけは心がけていた。

お守りや絵馬の授与も任せられたが、地域密着型の小さな神社なので、普段はさほど需要がない。やはり年始が一番にぎわうようだ。だけど、時々氏子さんがおみくじを引いていく。

「あー、小吉か……」

朝一番でお神酒を届けてくれた商店街の酒屋さんがおみくじを引き、肩を落としている。

「小吉って吉の中では一番下だったよねぇ」

「違いますよ。一番下は末吉です。でも、順番がどうとかより、その内容です。神からのお告げをお聞きくださいね」

私の代わりに神月さんが答える。

ここで働き始めるまで、おみくじの順序をはっきりと知らなかった。どうやら神社によって異なるらしく、よいほうから大吉・吉・中吉・小吉・末吉・凶としているところが多いんだとか。

しかし、神月さんが言った通り、書かれている内容のほうが大切だ。

「なになに。願望《ねがいごと》、油断すればならず。待人《まちびと》、来たらず。失物《うせもの》、でる。あっ、今朝から眼鏡が見あたらないんだけど見つかるってことかな……」

酒屋さんが真顔でつぶやくので噴き出した。だって、額の上に眼鏡があるんだもの。

「酒屋さん……」

神月さんが自分の頭を指さす。すると「あっ！」と気づいた。

「神の仰せの通りでしたね」

「こりゃ参りました」

ははと笑い声が広がる。こんな穏やかな時間が心地よい。

だけど今日はモーの機嫌が朝から悪い。

「なんで美琴には差し入れがあるんだ。俺様にはまったくないじゃないか。眷属様だぞ？」

食べ物のことになると、このありさま。

昨日の帰り、商店街を通りかかると『巫女さん』と和菓子屋さんに呼び止められて差し入れの羊羹《ようかん》をもらったので、久久能智神に奉納しようと持ってきたのだ。

「しょうがないだろ。モーはただの牛なんだから」

「そんなことを言うなら、もう仕事しないからな」

「ふーん。仕事をしないのなら、ますます役立たずの牛じゃないか」

またケンカしてる。

最初は慌てて止めに入っていたが、ふたりのケンカに慣れてきた私は、介入することなく朝拝の準備を始める。

「美琴、スルー技術を身につけたな」

「ホントだ」

本当は仲がいいんだから、止める必要なんてない。

私が笑いを噛み殺しているのに気づいているのかいないのか、ふたりはケンカをやめた。そして、モーはふらりと出ていき、神月さんは私が準備した米や酒を拝殿に運び始める。

御日供祭《おにっくさい》と言われる朝拝で神にお供えする神饌《しんせん》は、米、酒、塩、水など。それにいただいたお菓子や果物が加わることもあり、今日は羊羹も仲間入りする。

「美琴さんも朝拝を経験してみる？」

「いいんですか？」

私はいつも見ているだけで、神月さんひとりで行っているのに。

「うん。本当は僕だって祈禱は許されてないんだから。神主という立場ではなく、いち参拝客として感謝の気持ちを表しているだけなんだし」

彼は出仕《しゅっし》といういわゆる研修生で、まだ神職として認められていない。だから初詣や七五三などのときは、別の神社から神主さんが祈禱に来て、神月さんはその神社に研修に行っている。

でも、普段は祈禱する人がいないので、神月さんが朝拝をすることを許されている。ただ名目上は一般人の丁寧な参拝で、神主が祝詞を上げているわけではないという見解だ。

「それじゃあ……」

　私も一般人として参加させていただこう。

「うん。動きの基本だけ教えるから、拝殿ではそれだけ心がけて」

　彼はお供え物をすべて準備し終わると、私を拝殿の前に呼んだ。

「僕が真ん中で祝詞を読み上げるから、美琴さんは左側に座ろうか。その場合、中央に近い右足が上位。左が下位って覚えてね」

　足に、上位下位なんてあるんだ。まったく気にしていなかった。

「進むときは下位の足から。退くときは上位の足からという、進下《しんげ》退上《たいじょう》。立ち上がるときは下位の足から。座るときは上位の足から。これが起《き》下《げ》坐《ざ》上《じょう》。これが基本」

「えっ、ややこしすぎます……」

　そんな規則があるとは。たしかに拝殿での神月さんの立ち居振る舞いはきびきびとしていて無駄がなく、なんとなく一定の法則に従っている気はしたけれど、こんなに難しいなんて。

「ははっ、そうだよね。僕も間違えてよく先代に叱られた。いつも左側に座ると決めて、動作で覚えてしまおうか。とりあえず、朝拝のときだけできればいいよ」

「はい」

と返事をしたが、もうすでに混乱している。間違えることは避けられそうにない。

「ちなみに中央——正中《せいちゅう》のときは、進左退右《しんさたいゆう》、起右坐左《きゆうざさ》だよ」

「ちょっと、それはまた今度教えてください。わからなくなります！」

思いきり眉根を寄せて懇願すると、彼はおかしそうに笑い「それもそうだ」と納得している。

結局、初めての御日供祭は、神月さんに「右」「左」と声かけをしてもらって、アタフタしながらなんとかこなした。

「明日またできる気がしません」

「慣れるよ」

彼はそう言うものの、慣れそうな気配すらない。

そんな朝の始まりだったけれど、朝拝を経験したからか、久久能智神の存在にほんの少し近づけた気がしてうれしかった。

夕方になり、社務所で神月さんとお茶を飲んでいると、モーがやってきた。

「千早！」

「あー、はいはい。モーもなにか食べたいわけね」

「違う。たく、ボケーッとしてるなよ。ざわついてる」

モーの言葉に神月さんの顔が引き締まる。

「ほんとだ」

木がざわついている……つまり、久久能智神が救いたいと思っている人がやってきたということ？

神月さんが社務所の和室の障子をそっと開けると拝殿が見える。するとそこには、胸のあたりまである長い黒髪の美女が立っていた。

「待てよ、あの人……」

「どうかしました？」

女性に視線を送った神月さんがなにやら首を傾げている。

「モー、どう思う？」

「あたりだな」

ふたりの会話がまったくわからないものの、私の目は女性に釘づけになっていた。

「ちょっと行ってみようか。なぁ、モー」

「たく、猫使いが荒い」

どうやら『行ってみよう』は、〝モーが〟だったらしい。モーは悪態をつきながらも足を進める。のっしのっしと猫らしからぬ力強い足取りに見えるのは、あの体型故だろう。

しばらくしてモーは美女のところにたどり着き、上目遣いで「ミャー」と猫なで声。モーは猫なのだから、これぞ本当の〝猫なで声〟なのかも。

そんなことを頭の片隅で考えながら様子を見ていると、女性がしゃがみモーに手を伸ばしている。どうやら猫は好きそうだ。

「かわいいね。ムクムク。牛みたいね、あなた」

美女がそう口にした瞬間、神月さんが笑いを噛み殺している。やはり皆、牛を連想するらしい。

彼女はモーを抱き上げ、拝殿前の階段に座った。そしてどこか切なげな表情をして、モーの頭を撫でている。

「なにもかも遅いとわかっているの。でも、一度だけでいいのに。そうしたら、行けるのに」

なんのことだろう。どこに行こうとしているの？

「美琴さん」

「はい」

神月さんは女性に視線を送ったまま口を開く。

「後悔しないように生きるなんてこと、本当にできるんだろうか」

唐突でとびきり難しい問いかけは、私の胸に突き刺さる。

この質問になんの意味があるの？

「どうでしょう。無理かもしれません」

少なくとも私は、仕事の選択を誤り大きな後悔をしたわけだし、その他にも小さな後悔は数えきれないほどある。

「そうだよね。だから後悔にばかり焦点を当てた生き方はもったいない気がするんだ。後悔することがあって当たり前。でも、その後悔に気がついたときどうするか……」

ドクンと心臓が大きな音を立てる。私も祖母への後悔の念を解消してもらったばかりだから。

「『一度だけ』って……」

先ほどの女性の言葉を反芻《はんすう》する。すると彼は大きくうなずく。

彼女も一度だけでいいからしたいことがあるんだ。その想いを遂げてあげられれば後悔を解消できて、私のように心が軽くなるのかな。

「問題は、それがなんのことかわからないということだね」

「そうですね」

あれから彼女は口を閉ざしたまま。ただ拝殿前の階段に座り、膝の上に乗せたモーの頭を何度も何度も撫で、物思いにふけっている。

「モーを前にすると、心を緩めて悩みや想いを漏らす人も多いんだけどなぁ」

「えっ？」

首を傾げると神月さんは口角を上げる。

「まさか……。私も？」

モーが人の言葉を理解するなんて知らなくて、たくさん愚痴った。他人には言えないことも、猫にならと話してしまう。

「ごめん。だましたつもりはないんだ。ただ全力でその人の後悔を解消する手伝いができればと思ってる。ずっとそれを背負って生きていかなくていいようにね」

神月さんは私と視線を合わせ、柔らかな笑みをみせる。

だまされたという感覚はもちろんない。むしろ、モーに愚痴れて心が軽くなったし、なにより祖母に会えて私はこうして前に進めている。

「彼女の手助けができるでしょうか？」

「そうだね。そうしたいと思ってる。久久能智神が導かれたんだし」

彼は拝殿に視線を移してつぶやく。

久久能智神が彼女を呼んだのなら、手助けが必要な人だということだ。

「彼女のところに行ってみようか」

「はい」

私はすぐさま立ち上がった神月さんのあとに続いて、社務所を出た。

「こんにちは」

神月さんが美女に話しかけると、モーは彼女の膝からピョンと飛び下りた。

「こちらの神社は初めてですか？」

神月さんの質問に一瞬目を見開いた彼女は、「えぇ」と曖昧に笑う。

その様子を見て、なぜか嘘だと思った。でも、来たことがないと嘘をつく必要なんてあるのだろうか。

「そうでしたか。ここの神様は、後悔を解消するのがお得意でして」

「後悔？　そんなものは……ありません」

彼女はそう口にしながらも途端に視線が定まらなくなり、動揺しているのがありありとわかる。

そのとき、遠くから十七時を知らせる『夕焼け小焼け』のオルゴール音が聞こえてきた。この町では昔から、十七時になるとこのメロディが流れる。

すると、彼女はハッとして唇を嚙みしめ「失礼します」と慌てて神社を出ていく。

そんなに急いでどうしたんだろう。約束でもしていて、メロディをきっかけに思い出したとか？

「またお越しください」

神月さんはそのうしろ姿に声をかけたが、彼女が振り向くことはなかった。

「口が堅かったな」

社務所に戻る途中で、モーがため息交じりにそう口にする。姿を見ていなければ、まるで人間の発言だ。

「それだけ背負っているものが大きいのかもしれないね」

神月さんはモーの発言に呼応するようにつぶやく。彼の発言を聞き、胸がギューッと苦しくなる。そして彼女に笑顔を取り戻してほしいと強く感じた。

社務所の玄関に差しかかったとき、遠くからバタバタというテンポの速い足音が聞こえてきて、男性が階段を駆け上がってきた。

スーツ姿だったけれど、体ががっしりしていて背も高い。いわゆるスポーツマン体型だ。

いつもはひっそりとしているこの神社に、氏子さんでもない人が立て続けにふたりも訪れるのは珍しい。

男性は「はぁはぁ」と息を荒くしながらも、辺りを見渡してなにかを探している。

「神月さん、あの人もしかして、さっきの人を……」

「そうだろうね」

私が口走ると、神月さんは小さくうなずく。

「待ち合わせをしてたのかな？」

でもそのわりには、彼女はそそくさと帰ってしまったような。

男性のことを呆然と見つめていると、私たちのところに歩み寄ってきた。

「神主さん。ここに女性が訪ねてきませんでしたか？」

「来られましたよ」

「来た……本当ですか！　それで加奈子はどこに？」

あの美女は加奈子さんという名前らしい。呼び捨てにするということは、それなりの仲だということだろう。

「もう、お帰りになりました」

「クソッ。どうしてこんなときに限って……」

彼は唇を嚙みしめ、固く握った拳を震わせる。

「約束をされていたんですか？」

私は思わず口を挟んでしまった。

「はい。四月二日の十七時は、私たちにとって特別な時間なんです」

だけど加奈子さんは、その十七時のメロディを合図に慌てて出ていった。少しも彼のことを待つという素振りはなかったように見えたけど……。

「もっと早く着くはずだったのに……駅で目の前にいた女性が倒れて、放っておけなかったんです」

それで、約束に遅れたのか。加奈子さん、待っていてあげればよかったのに。

「連絡されてみては？」

加奈子さんは時間通りに現れなかった彼のことを怒っていたのかもしれない。でも、事情を話せば許してくれるはず。そう思い提案する。

「いえ……連絡は、取れないんです」

「取れない？」

それじゃあ、どうやって待ち合わせをしたの？

不思議に思っていると、神月さんが口を開く。

「あなたが会いたいと思っている限り、加奈子さんと必ず会えます。それに、あなたの心の奥にしまわれてあるたくさんの想いも、神様はご存《ぞん》じですよ」

彼の言葉に少し驚いていた。

『心の奥にしまわれてあるたくさんの想い』って？

「私は……過去に大変な過ちをしました」

男性が苦しげに声を振り絞ると、神月さんはうなずいている。

「過ちは誰にでもあるものです。ですが、その経験があったからこそ、今のあなたがあるんです」

なんだか神月さんの言葉がスッと胸の中に入ってきた。祖母が私に言ったことと似ていたからだ。

苦い思い出も、後悔も、挫折も……どんな人だって、ひとつやふたつ持ち合わせている。祖母はそうやって回り道をしながら学べと私に諭した。

それに神月さんも『後悔にばかり焦点を当てた生き方はもったいない』と話してくれた。過ちを犯したとしても、また始めればいい。

「そう、ですよね……」

男性は納得したような言い方をしたものの、表情は晴れない。加奈子さんに会えなかったというダメージが大きそうだ。

「もう、あきらめますか？」

「えっ……」

神月さんが控えめなトーンで語りかけると、男性は目を見開く。

「無理……だな。そっか、あきらめるなんて無理なんだ」

男性は少し悲しげに微笑んだ。

「もう一度申し上げます。あなたが会いたいと思っている限り、加奈子さんに必ず会えます」

「ありが、とう」

そして男性は、私たちに向かって深く頭を下げ、神社を出ていく。

「神月さん、あの……」

私が祖母に再会できて幸せな気持ちを味わえたように、ふたりにも味わわせてあげたい。後悔を解消してあげたい。

「美琴さん、妙にソワソワしてるね」

「あっ、あのっ……あれ、できないんですか？」

尋ねると、彼はにっこり笑う。

「そうこないとね」

私が口にした『あれ』が、久久能智神にヒントをいただくことだとすぐにわかったらしく、彼は「モー」と声をかけている。

「イギリス産、注文しろよ」

「わかったよ」

モーはすこぶる面倒そうな顔をしつつも、ちゃんと拝殿に向かっている。眷属としての役割はイヤではなさそうだ。

「美琴さんも」

「私も？」

「うん。美琴さんの力が必要になると思うよ。行こう」

私の力って……。なにもないけど。

だけど、少しでも手伝えることがあるのならと思い、神月さんに続いた。

緊張しながら進下退上と起下坐上をなんとかこなし、正中のモーの左側に座る。すると、神月さんがあの巻物を持ってきて目の前に広げた。

「えっ、真っ白……」

てっきりなにかの祝詞でも書いてあると思っていたのに、真っ白だった。

「そう。久久能智神はその人に合わせた手がかりを浮かびあがらせてくれる」

私が自分の過去を覗いたときも、ここからあの光景が広がったということか。

「参る」

モーは加奈子さんの膝の上で気持ちよさそうに目を細めていたデレた顔を封印して、すっかり眷属らしく振る舞う。

「久久能智神よ。真実を映したまえ」

そして私のときと同じ言葉を口にすると、目の前の空間が歪みはじめ、やがて真っ暗になった。

二回目なので落ち着いていられる。だってすぐに光が差し込んでくるはずだからだ。

そして、その通りになった。

祖母の家に飛んだ前回とは異なり、目の前に広がるのは花咲神社の境内だった。私は神月さんとモーと一緒に、桜の木の下に立っていた。

拝殿の前には、加奈子さんとあの男性が立っている。加奈子さんは長い髪をポニーテールにしていて短いスカート姿。そして、男性はパーカーとジーンズというラフな服装で、とても若く見える。高校生くらいだろうか。

『明彦くん、私たち、もう別れましょう』

小刻みに手を震わせながら唐突に切り出した加奈子さんを見て、目が飛び出しそうになる。

ふたりは恋人同士だったんだ。でも、いきなり別れ話を見るなんて想定外も想定外。

『なんて言ったんだ？　嘘、だよね』

明彦さんは愕然《がくぜん》として加奈子さんの肩に両手を置き、瞳に彼女を映す。

『ううん。本気』

『加奈子。お前、自分がなに言ってるかわかってるのか？』

声を荒らげる明彦さんは、加奈子さんに責め寄る。

それからふたりはひと言ふた言、険しい表情で会話を交わしているが、聞き取れない。

『――今までありがとう。それじゃ、もう行くね』

加奈子さんはずっと手を震わせているくせに、すがすがしい笑顔を作って離れていく。

「えっ……。ダメ。もっとちゃんと話さなきゃ」

気がつけば口走っていた。

だって彼に背中を向けた瞬間、加奈子さんの顔がゆがんだのを見たもの。

加奈子さんを追いかけようとすると、神月さんに腕をつかまれ止められた。

「離してください。追いかけなきゃ」

「無理だよ。僕たちは過去を覗くことはできても変えることはできない」

「そんな……」

せっかくこうして久久能智神がヒントをくれているのに、なにもできないの？

加奈子さんが行ってしまう。

今にも鳥居をくぐろうとする加奈子さんの背中を見つめながら、落胆して泣きそうになる。

だけど、次の瞬間……『加奈子！』という明彦さんの大きな声が聞こえた。すると加奈子さんは彼に背中を向けたまま立ち止まる。

『お前がなんと言おうと、俺の気持ちは変わらない。加奈子が空の青さを教えてくれたんじゃないか』

空の青さ？

『ずっと、待ってる。毎年ここに来て、お前のこと待ってる。俺、加奈子にもう一度振り向いてもらえるように頑張るから。俺には加奈子が必要なんだ』

明彦さんはひと言ひと言噛みしめるように吐き出す。

ふたりになにがあったのか、この場面だけ見せられてもわからない。でも、加奈子さんの泣き出しそうな顔や明彦さんの悲痛な表情を見ていると、胸が痛くてたまらない。

「お願い。加奈子さん、戻ってきて」

強く願ったが、加奈子さんは振り向くことすらなく再び足を進めだした。

『――十年。十年経っても会えなかったら、あきらめるよ。女々しいやつだったって笑ってもいい。でも、待ってる』

明彦さんは次第に遠ざかっていく加奈子さんに、必死に声をかけている。けれども、とうとう彼女は見えなくなった。

そのとき、遠くから『夕焼け小焼け』のメロディが聞こえたので、ハッとする。

「約束……」

「うん。加奈子さんも明彦さんもこのあやふやな約束を忘れてなかったんだろうね」

神月さんが小さなため息をつきながらつぶやくので、私は小さくうなずいた。

『加奈子……』

ひとり残された明彦さんは、ギュッと握った拳を震わせて呆然と立ち尽くしている。

その姿を見ているだけで、鼻の奥がツーンとしてきて歯を食いしばる。

泣いている場合じゃない。ふたりとも再び神社に現れたということは、会いたいという気持ちが残っているということだ。もっと強く願えば……きっと再会できる。

ふたりを会わせてあげるにはどうしたらいいのか考えなくちゃ。

そして、花の開花を知らせる花信風《かしんふう》が境内を吹き抜けた瞬間、またグワンと空間が揺れた。

元の時間に戻った？　と思ったものの、【手水舎】と書かれた木製の看板の色が新しい。どうやらまだ過去にいるらしい。

今度は黒いTシャツを着た明彦さんが、拝殿の前に立っている。

彼は賽銭箱にお金を入れ、手を合わせてしばらく微動だにしない。なにを祈っているんだろう。

長い祈りのあと顔を上げた彼は、それから拝殿前の階段に座り込み、空を見上げている。

明彦さんの顔がさっきより大人びている気がする。とすると……もう少しあとの時間のようだ。

『加奈子』

彼は加奈子さんの名を、切なげな声でつぶやく。

『俺、インカレで、二メートル二十跳べたんだよ。でも、まだまだだ。毎回跳べるようにして、もっと空に近づきたい』

跳べた？　そういえばさっき『空の青さ』とも言っていた。ハイジャンプのこと？　インカレということは……ここにいるのは、大学生になった明彦さんだ。

『なんてな。ホントは空じゃなくて、お前に近づきたいよ』

そのひと言を聞き、胸がギュッと締めつけられる。

明彦さんは大学生になっても、まだ加奈子さんのことを想っているんだ。

するとまた空間が揺れ、今度は白いシャツ姿の彼がいた。

『なぁ、加奈子。俺って詰めが甘いな。絶対跳べたと思ったのにかかとが引っかかって、二位だったよ』

やはりハイジャンプの試合のことだろう。明彦さんは、相当力のある選手だったに違いない。

『まだ、ダメだよな。加奈子に認めてなんてもらえないよな。でも俺、あきらめないから。実業団で競技を続けられることになったんだ。来年はもっと進化してここに来る。どれだけ頑張ったら認めてもらえるかわからないけど、俺、お前のことあきらめられないんだ』

苦しげな顔をしてつぶやいている彼を見ていると、涙をこらえられなくなった。泣いている場合じゃないとわかっていても。

明彦さんの加奈子さんへの想いが強すぎて、そしてまっすぐすぎて……それ故、届かないことが余計に悲しく思えた。

空間が揺れるたび、服装が変わっている。でも、ひとつだけ共通していることがある。境内の桜だ。桜の木は毎回、つぼみを膨らませていたり、鮮やかに花開いていたり……すべては桜の咲く時季であると示していた。

毎年同じ日に——おそらく今日、四月二日に、彼はこうして加奈子さんを想い、花咲神社にやってきているんだ。約束を守るために。

「美琴さん」

静かに涙をこぼしていると、隣の神月さんがそっと肩に手を置き、なだめてくれる。

「どうして、別れちゃったのかな」

どうして加奈子さんは、あんなにつらい顔をしながら別れを告げたんだろう。本当に明彦さんのことが嫌いになったのなら、別れを告げて清々した顔で出ていけたはずでしょう？

恋愛経験が豊富だと言い難《がた》い私が、本来口を出せるようなことじゃない。

もしかしたら加奈子さんは、長年付き合ってきた彼との別れがちょっぴりつらかっただけで、別れられてよかったと思っているのかも。とも考えた。

だけど、やっぱりそうじゃない。加奈子さんは、なんらかの事情で別れという苦渋の選択をした気がする。

明彦さんがこうして毎年約束を守り、花咲神社に通っている姿を見ていると、ふたりの間にはとても素敵な時間が――加奈子さんを強く想い続ける価値があるほどの時間があったのではないかと感じるから。

それに……加奈子さんは今年、桜の咲くこの時季を選んで姿を現した。四月二日にやってきたのは、間違いなく明彦さんに会うためだ。

「ふたりは会えますよね」

「そうだね。多分……加奈子さんのほうに会いたいという気持ちがあれば」

神月さんの言葉に違和感があり見上げると、苦々しい表情をしている。

「でも、加奈子さん、来ましたよね？　それって会いたいと思ったからでしょう？」

神月さんだって、明彦さんに『会いたいと思っている限り、加奈子さんに必ず会えます』と言ってたじゃない。

「そうだね。けど、会えない――会わないほうがいいんじゃないかという気持ちが邪魔をすることもあるんだ」

会わないほうがいい？

「そんな……。絶対にふたりはまだ惹《ひ》かれあってます。それなのに会えないなんて、悲しすぎる。どんなわけがあったとしても、会って話せば解決するかもしれないじゃないですか」

神月さん相手にムキになっても仕方がないとわかっている。だけど、つい感情的になった。

「うん。どう転ぶかは神のみぞ知る。僕たちにも明彦さんたちにもわからない。でも、簡単じゃないことだけは覚えておいて。前に、この光景は他の当事者には見せてないって言ったよね」

そういえば私に過去を見せてくれたとき『悪い部分を切り取ったような光景になることも多いから、ときにショックが大きくて耐えられない人もいる』と言っていた。

実際私も、途中から見るに忍びなくなり拒否したし、たしかにこの別れの光景はつらいものだった。

「必ずしもよいほうに転がるとは限らないんだよ」

神月さんの言葉には重みがあった。おそらく、モーと一緒に久久能智神の声に耳を傾け、様々な人々とかかわってきた彼は、よくないほうに転がった事案にもあたったことがあるんだろう。でも……。

「私、信じたいです」

「えっ？」

「あのふたりの愛は本物だと信じたい。だって、ふたりから会いたいという気持ちが伝わってくるんです。たまらなく求めあっているのがわかるんです」

その証拠を出せと言われても、出すことはできない。ただの私の直感だ。

しかし、毎年約束の場所に足を運び続ける明彦さんはもちろんのこと、『夕焼け小焼け』を聞いた瞬間、苦しげな顔をみせた加奈子さんもまた、いまだ明彦さんのことを想い続けている気がするから。

「そう、だね」

私の意見に同調した神月さんは、ほんのり口角を上げる。

「やっぱり美琴さんを引っ張って正解だった」

「どういうことですか？」

「なんでもない。さて、僕たちになにができるかな」

彼はそうつぶやきながら、空を見上げる。

そこには、風に舞う淡紅白色の桜の花びらと青い空とのコントラストが、見事に描きだされていた。

◇◇◇

あの懐かしい『夕焼け小焼け』を聞いた瞬間、神社から逃げ出してしまった。

明彦くんとの待ち合わせは、四月二日の十七時。

だけど……彼を傷つけた私には、合わせる顔なんてなかった。それでも、彼のことを忘れたことなど一度もない。

「どうしたらいいの？」

明彦くんはなにひとつとして悪くない。

──彼はハイジャンプの才能を見いだされ、陸上の強い大学から引き抜かれていった。

別れたあとも、彼の試合は欠かさず見に行った。大学四年生のときのインカレは、今でも鮮明に思い出すことができる。大勢の観客に交ざり、観客席から彼が空を舞う姿を目を凝らして見ていた。

最後にふたり残り、ふたりとも二回失敗で迎えた最後の跳躍。先に相手が成功して、明彦くん。彼は高校生のときと変わらない精悍な顔つきでじっとバーを見つめ、一度目を閉じ大きく深呼吸してから走り始めた。

「跳んで！」

彼ならやれる。

明彦くんはダンと地面を蹴り、素晴らしい踏切をみせる。美しいアーチを描く体がバーを越えた瞬間、彼が跳べたと確信して思わず立ち上がった。

しかし、無情にもバーが揺れ、ガタンと音を立てて落ちてしまった。最後の最後でかかとをひっかけたのだ。

「あー」

私と同じように明彦くんの競技に釘づけになっていた観客たちは、残念そうに声を上げた。

でも私は……気がつけば拍手をしていた。彼がここまでどれだけ努力したのか、見ていなくてもわかったから。

私はずっと明彦くんのことを、人として尊敬していた。たとえ失敗したとしても空私にはを見上げて歯を食いしばり、黙々と練習を積む彼のことを。彼は努力の人だ。私にはできなかったことをやってみせてくれる。

恋人としてそばにいることが叶わなくても、彼への尊敬の念はずっと消えることがなかった。いや……好きという気持ちも、本当は——。

だけど私は、そのインカレで目撃してしまった。彼の隣に寄り添う女性の姿を。あんな一方的で冷たい別れ方をした私に、もう合わせる顔なんてないことはわかっていた。しかし、せめてやり切った彼の姿を近くでひと目見たいと、選手の更衣室から出て来る彼を、こっそり大きな柱の陰で待っていた。

「あっ……」

ずっと求め続けてきた明彦くんのことは、うしろ姿を見るだけでわかる。彼が更衣室から出て来て私とは反対のほうに足を進め始めたとき、身長が百五十五センチほどの小柄な、そしてかわいらしい女の子が、笑みを浮かべてタタッと彼に駆け寄ってきた。そしてためらうことなく明彦くんの手を握り、なにやら話しだす。声は聞こえないが、彼は何度もうなずきながら耳を傾け、そしてそのあと彼女の背中に手を添えて促し、歩き始めた。

「そう、だよね……」

別れてもう三年以上経過した今、明彦くんの横に別の女の子がいたとしても不思議じゃない。ううん。彼ほど輝いている人ならば、惹かれる女性はごまんといるはず。私、バカだ。彼が競技に集中する大学の四年間が過ぎれば、もしかしてまた隣にいられるんじゃないかと、淡い期待を抱いていたなんて。

そんなこと、あるはずがないのに。もう、あの頃のような幸せな時間が戻ってくるはずなんてないのに。それを覚悟して彼の手を離したのに——。

十年前の四月二日。それは、明彦くんが大学進学のために上京する前日のことだった。

その日私は、一世一代の大嘘をつき、別れを告げた。

「加奈子。お前、自分がなに言ってるのかわかってるのか?」

彼はそう声を荒らげ、私を責めた。

だけど、私にはうなずくことしかできなかった。明彦くんにどうしても成功してほしかったからだ。

「私、やっぱり遠距離なんて無理なの。四年も耐えられないし、きっとそのうち明彦くんだって、他の女の子が気になるよ。都会にはきれいな人がいっぱい——」

「お前、俺をそんなやつだと思ってたのか！」

そんなこと、一度だって思ったことはない。私は彼を信頼していたし、距離も時間も関係ない。でも、彼が空を飛べなくなるくらいなら、心を鬼にできる。

「とにかく、無理、なの」

別れを告げると決めたのは三日前。

どうやって調べたのかわからないけど、私の家に彼が所属する予定の大学の陸上部の顧問から電話がかかってきた。上京したとき、一度だけ会ったあの人だ。

『ぶしつけなお願いで悪いが、菅原と別れてほしい』

ぶしつけもぶしつけ。開口一番そう言った監督は、『菅原のためだ』と続けた。

「どうして、ですか？」

混乱の中、そう聞いたことだけは覚えている。

『女でダメになったやつを何人も見てきた。菅原はまだまだ伸びしろのある選手だし、センスもいい。本気で頂点を獲《と》れる男だと思っている』

監督が明彦くんを評価しているのがうれしいのに、私の気持ちはドン底まで転がり落ちていく。

「私は、邪魔したりしません」

必死だった。会うなと言われれば、いくらでも我慢する。だけど、彼を失うなんて考えられない。

「君にその気はなくても、菅原の気持ちに隙ができる。付き合っていればデートもしたくなる。電話もしたくなる。でも、それじゃダメなんだ。すべてをハイジャンにかける気持ちがなければ、簡単には頂点にたどり着けない」

そう言われたって納得できなかった。今まで監督が見てきた選手は、彼女の存在で気持ちが緩んだかもしれない。でも、明彦くんはそんな人じゃない。誰よりも高く、そして美しく跳ぶことだけを追い求めてきた彼は、そんな人じゃ……。

それからなにを話したのかよく覚えていない。

ただ最後に『菅原を潰すつもりか？』と問いかけられたのだけは覚えている。

私は受話器を握りしめたまま、しばらく放心していた。

まがりなりにも明彦くんを支えてきたつもりだった。それなのに、私が彼を潰すなんて……。

「なにもしてくれなくていいの」

邪魔になるなら、デートも電話もいらない。ただ、私の前で空高く舞い上がる明彦くんが見たい。『やったよ』と満面の笑みを浮かべる彼の一番近い存在でありたい。

その日は夕食も喉を通らず、部屋にこもっていた。すると、高校の陸上部の仲間と最後のお別れ会に行っていた明彦くんから電話がかかってきた。

『もしもし、加奈子。今、帰ってきたよ。カラオケが盛り上がっちゃって、皆マイクを離さないんだ』

弾んだ声を聞くだけで、私の胸はチクチク痛んだ。

「そう。楽しかったんだね」

『あれ、なんか沈んでる？　ごめん、俺だけ楽しんだから……』

「違うよ」

違う。あなたが笑えば私もうれしいの。

『それなら、どうした？』

明彦くんはなにも聞いてないんだ。そうでなければ『どうした』なんて残酷な言葉を囁《ささや》けるわけがない。

私はなにも言えずに黙り込んだ。

『ごめん。寂しいよ、な。加奈子を我慢させることはわかってる。でも俺、ちゃんと会いに来るから。練習がない日は飛んで来る』

そっ、か……。監督が言っていたのは、こういうことなんだ。

練習が休みなら、疲れた体を休めるべきだ。今までもそうしてきた。そうでなければあの厳しいトレーニングには耐えられないし、故障もする。前回は復活できたけど、次はわからない。もしかしたら、選手生命が断たれるなんてこともあるかもしれない。

それは、絶対にイヤ。彼が空を飛べなくなるなんて、絶対に。

「ううん。私は大丈夫――」

そして私は、涙を流しながら嘘をついた。

別れを決めたのは、その日の深夜のことだった。


私の足は、再び神社に向かっていた。

昨日、『夕焼け小焼け』を聞いた瞬間、怖くなって逃げ出したというのに、どうしてもあきらめられなかった。

せめて一度でいい。明彦くんの元気な姿をこの目で見たい。

別の人生を歩いている彼が、あんな些細《ささい》な約束を覚えているわけがない。ううん。覚えていたとしても、幸せに暮らしていればここに来るわけがない。昨日逃げ帰ったのは、明彦くんが来ないことを知りたくなかったから。それなのに、また足が向いてしまった。

約束の日が過ぎているのだから、会える可能性はほぼゼロだ。でも、神主さんの『ここの神様は、後悔を解消するのがお得意でして』という言葉が引っかかって仕方がない。

別れのあと、どれだけ泣いたのかわからない。

大学なんて行かなくていい。ついていけばよかった。それが許されないなら駆け落ちでもいい。

そんなことばかり考えていたものの、現実的ではなかった。

私が押しかければ、責任感の強い彼はなにもかも捨てた私を守ろうとするだろう。それでは競技に集中できるはずがない。

十年前、私がここで別れを告げたのは、神様に嘘をつく自分を見届けてほしかったから。せめて、別れたいという気持ちが嘘偽りであることを、誰かに知っていてほしかった。そうでなければ壊れそうだった。

私は古ぼけた鳥居の前に立ち、大きく息を吸い込んだ。静まり返る境内には当然明彦くんの姿などない。

やっぱり、帰ろう。

境内に入ることなく、くるりと背を向けたそのとき、「ニャーン」というかわいい鳴き声が聞こえてきた。昨日いた、ちょっと太った牛柄の猫だろう。

辺りを見渡していると、手水舎の陰から姿を現した。

「おいで」

帰るつもりだったのに、私は猫に手を出していた。そして、それと同時に涙があふれてきて止まらなくなった。

ぷよぷよの猫を抱き上げると、喉をゴロゴロと鳴らしている。

私を求めてくれているの？

「明彦くん……」

もうこうして抱き合うことはできないけれど、せめて彼を想って泣くのは許して。

「ミャッ」

ちょっと強く抱きしめすぎたのか、猫が短い鳴き声を上げた。

「ごめんね」

猫はクリクリの目でじっと私を見つめる。

「泣き顔なんて見たくないよね」

必死に笑おうとしたのに、どうしても笑えない。

それは多分、あの約束から十年目の昨日が最後の——明彦くんと私をつなぐ最後の日だったから。

もう覚えてないだろうに、一縷の望みを抱いていたなんてバカなのかもしれないけれど。

「おかえりなさい」

そのとき、突然声をかけられビクッと震える。それは昨日会った巫女さんだった。

「おかえりなさいって……」

まるで私が来ることを歓迎しているかのような言い方に驚き、目を瞠る。

「ここの神様は、どんな人でも受け入れてくれるんですよ」

彼女は唐突にそんな話を始め、私にハンカチを差し出す。私は猫を下ろしてそれを受け取った。

「私、過去に大きな後悔があって……それに囚《とら》われて卑屈になっていたんです。でも、この神社の神様がその後悔を解消してくださいました。だから少しずつですけど、前に進もうと思ってます」

「前に……」

本当なら私もそうすべきだった。明彦くんのことはきっぱりと忘れて、彼とは関係のない人生を切り開いて——。

だって、十年前そうしようと決めたのは、まぎれもなく私自身だから。

「ですが、そういう気持ちになるまでに、さんざん泣きました。だから、今は泣いてください。思うままに、泣いて——」

胸の内をなにも話していないのに、巫女さんは私の気持ちがわかるかのように顔をゆがめ、目に涙をためている。

泣いても、いいの？ 我慢しなくて、いいの？

そう思ったら、一気に涙があふれてくる。

借りたハンカチでそれを拭っていると、神主さんまで現れた。

「誰しも過去に後悔のひとつやふたつ抱えているものです。あなたにも解消し忘れた後悔があるのではありませんか？」

それは、明彦くんに嘘をついて別れを告げたこと？ 覚悟して別れを告げたつもりなのに、ちっとも割り切れてないこと？

多分、どちらもだ。でも……。

「思い出しちゃ、いけないの……。後悔を解消しちゃ……」

あれは私が決めたこと。彼の成功のためなら離れると決め……意見を聞くこともなく一方的に傷つけた。私のことを信頼し、そして愛してくれていた彼を。

が絶望的になった日以来の苦しげな声が、私の耳にまとわりついたまま消えることがなかった。

会いたい。会って今でも好きだと伝えたい。

そんな衝動に何度駆られたことか。でも、別の幸せをつかんだ明彦くんにそんなことができるはずもなく、あれから十年経過してしまった。

「明彦さんはまた絶対にいらっしゃいます。だから、待ってあげてください」

巫女さんは私の手を握り、必死に訴えてくる。だけど、そんなに簡単なことじゃない。だって私は——。

「ダメ、なんです。私はもう彼には会えない」

「どうしてですか？　今からでも遅くありません。昨日明彦さんは『あきらめるなんて無理なんだ』とおっしゃっていましたよ」

「明彦くんが？」

どういう意味なの？　あきらめるのが無理って……まだ私のことを想ってくれているということ？　ううん。そんなわけがない。

私はインカレの日、笑みを浮かべて明彦くんの手を握った彼女の顔をふと思いうかべていた。

彼はとびきり優しい心の持ち主だ。おそらく……昔付き合った彼女のその後を心配しているだけ。

唇を噛みしめながら涙を流す。

あのときした私の決断は間違っていたの？　いや、彼が空を飛べたのだから、あれでよかったんだ。

彼が青空に舞う姿を一番楽しみにしていたのは私。それを目に焼きつけることができたのだから、それ以上は望んではいけない。

それに……今さら混乱させるわけにはいかない。彼には今の幸せを大切にしてほしい。私との思い出なんて邪魔にしかならない。

「明彦くんの幸せのためには、このまま旅立たなきゃいけないの。私なんて思い出しちゃ、いけないの」

「旅立つ？」

もうすでに顔をくちゃくちゃにして泣いている巫女さんは、心の澄んだ人なんだろう。他人のためにこれほどまでに涙が流せるのだから。

食い下がる巫女さんの横に立ち、いたわるようにスッと腰を抱いた神主さんは、私に強い視線を送ってくる。

「加奈子さん。僕たちはおふたりの再会の手助けをすることができます。ただし、お節介をするつもりはありません。あなたが心から会いたいと願うときだけ、久久能智神が力を貸してくださるでしょう」

「私が、願ったとき?」

彼は私の問いかけにうなずいたあと、足下に座っていた猫と一緒に拝殿に入っていく。

彼らを見送った巫女さんは、もう一度私の腕をつかんだ。

「加奈子さん、このままでいいですか? 本当はあのとき、別れたくなんてなかったんじゃないですか?」

「どうして……」

『あのとき』って、私たちが別れた日のことを言っているの? どうして知っているの?

彼女はどう見ても私より年下のはず。十年前ならまだ子供だ。あのときもここで巫女をしていたわけではなさそうだ。

「会いたいなら、会うべきです。だって明彦さんもそう思ってるんですよ?」

巫女さんは必死に訴えてくるけれど、首を振る。

「私は……嘘をついて彼を傷つけたんです。きっとつらい思いもさせてしまった。今さら許してほしいなんて言えるわけがありません」

「加奈子さんの愛した人は、そんな小さな人ですか？　きっとあなたを受け入れてくれます」

そうたしなめられても首を振る。

本当は、とびきり優しい彼が、私のついた嘘を許してくれることなんてわかっている。だけど、もうなにもかも遅い。

「明彦さん、昨日加奈子さんに会えなくて、本当におつらそうでした。しかも、毎年四月二日にここにいらしていたんですよ？　加奈子さんのことを想い続けていらっしゃった証拠です」

そんなこと言ったって、彼女の存在を私はこの目で見たの。

戸惑い、首を振ることしかできない。すると、巫女さんは続ける。

「それなら、どうしてここにいらっしゃったんですか？　明彦さんのことをまだ想っているからですよね？　彼のことを信じているからですよね？」

「それは……」

涙を拭いてキリリとした表情をする巫女さんの強い問いかけに、答えることができない。その切羽詰まったような表情からは、私の決意を促そうと必死なんだと伝わってくる。

「会いたかったからですよね」

「……ひと目でよかった。ひと目彼の元気な姿を見られたら、もうそれで思い残すことなんてないと——」

「それは嘘です」

私の言葉を遮る巫女さんは、静かに続ける。

「加奈子さんは明彦さんに別れを告げて、きっぱり忘れて生きていくつもりだったのに、加奈子さん自身があの別れを乗り越えていない。ひと目見られるだけでいいなんて、絶対に嘘です」

はっきりと指摘され、目を閉じた。

そう。一瞬たりとも明彦くんのことを忘れたことなんてない。あの別れを乗り越えられてなんていない。たとえ彼に彼女がいたとしても……ずっと好きでしたと伝えたい。

「誰かを愛おしいと思うのは、悪いことですか？　なにがあったのか私にはわかりません。でも、どうかそのお気持ちを大切にしてください」

巫女さんがそう口にしたとき、拝殿のほうから「久久能智神よ。導きたまえ」という低い声が聞こえてきて視線を向けた。

「なに？」

それからいきなり境内に濃い霧が立ち込め動転しているうちに、『夕焼け小焼け』のメロディが流れ始めた。十七時だ。

そのメロディに混ざり鳥居の向こうの階段を上がってくる足音がする。

巫女さんもそれに気づいたのか、大きな目をさらに開いて、「来てくれた……」とつぶやいた。

まさか、明彦、くん？

ダメ。会えない。だって私は——。

一歩二歩とあとずさりすると、巫女さんは私に笑顔を向ける。

「加奈子さん、よかったですね」

ううん、違う。ダメなの。もう、会えないの。

それからすぐに鳥居の向こうに、大好きなあの人が姿を現した。

◇◇◇

「よかった。これでやっと想いを伝えあえる」

私が胸を撫で下ろしていると、いつの間にか神月さんが隣に戻ってきていた。彼はモーと一緒に、ふたりの再会を導いてもらえるように久久能智神に祈りを捧《ささ》げてくれたのだ。

「まだだよ」

「まだ？」

『まだ』って、うまくいかないかもしれないということ？　加奈子さんは再会をためらっているようにも感じたけれど、こうして明彦さんが来たということは、彼女も会いたいという気持ちが強かったということでしょ？　だから神様は彼を呼んだんでしょ？

「誤解があったとしても、話せばきっとわかりあえますよ」

私は神月さんにそう訴えたあと、ふたりの様子を固唾を呑んで見守った。それなのに……。

「あれ、どうして？」

距離はどんどん近づいているのに、明彦さんは表情ひとつ変えない。

あんなに会いたかった人が目の前にいるんだから、普通はもっと喜び、顔をほころばせるものじゃないの？

「まさか、加奈子さんだとわからないの？　ずっと想っていたのに？」

そうつぶやけば、神月さんは眉根を寄せ「うーん」と曖昧な相槌《あいづち》を打つ。

手に妙な汗をかきながら見ていると、とうとうふたりは体が触れそうなほどの距離に近づいた。それなのに、明彦さんの視線は加奈子さんを捉えようとしない。

「どういう、こと？　こんなこと、ある？」

明彦さんは、本当に加奈子さんだと気づかないの？

隣の神月さんを見上げたものの、難しい顔をするだけでなにも言わない。

「やっぱりこうなるか」

「そうだね」

いつの間にか足下にいたモーのため息交じりの言葉に神月さんは同調しているけれど、私にはなんのことかさっぱりわからない。

「明彦さんが気づかないとわかっていたんですか？」

「うん。残念だけど」

神月さんが肩を落としながらうなずくのを見て、愕然とした。

明彦さんが加奈子さんの前を無情にも通過していく。彼女は拝殿の前まで行ってしまった彼の背中を凝視していた。

その悲嘆にくれたような表情に、息が止まりそうになる。

加奈子さんは今、明彦さんに気づいてもらえずつらくてたまらないはずだ。まさか、こんな結末になるとは思ってもいなかった。

彼女はあきらめたように悲しい笑みを浮かべ、鳥居のほうへと足を踏み出す。

「えっ、待って……」

止めたいのに、止められない。明彦さんが彼女に気づかない今、かける言葉が見つからない。

どうしたらいいの？

「神月さん、どうにかならないんでしょうか？」

「これが運命ならば、受け入れるしかないんだ」

問いかけると、彼は表情ひとつ変えることなくつぶやく。

「そんな……」

これがよいほうに転がらない事案なのだろうか。

「と言いつつ、随分余裕だな」

モーが口を挟むと、神月さんは笑みを浮かべている。

「そりゃあそうさ。僕は〝運命なら〟と言っただけ。モーもわかってるんだろ？」

「まあな」

「ふたりは大丈夫ということですか？　本当に？」

そう食いつくと、神月さんは「見ててごらん」と私に告げる。

それでも焦り、ハラハラする。

それから明彦さんは私たちの前までやってきた。

「神主さん。私は愛する人を探しています。神様は見つけてくださるでしょうか」

なんて残酷なひと言なんだろう。あなたの愛する人は、すぐそこにいるのに。

「あの、加奈子さんは――」

「すべてをご存じなんですね」

加奈子さんの存在を伝えようとした私の発言を遮った神月さんは、落ち着いた様子で明彦さんに尋ねる。

「はい」

「それでも、会いたいんですね」

明彦さんは大きくうなずく。

「俺は、加奈子のことだけを想って生きてきました。会いたくないわけがない」

明彦さんがそう口にした瞬間、背を向けていた加奈子さんが振り返った。

「加奈子さん。後悔は持っていくもんじゃありませんよ。明彦さんは、すべてご存じです。それでもあなたに会いに来たんです」

優しく、そして諭すように語りかける神月さんは、加奈子さんに視線を合わせる。

すると……明彦さんの表情がみるみるうちに変わっていく。そして、初めて彼女の存在に気がついたかのように「はっ」と短い声を上げた。

「加奈、子……」

「明彦、くん……」

明彦さんはタタッと駆け出し、加奈子さんを強く抱きしめる。

その光景を見ているだけで、安堵《あんど》の涙があふれてきた。

「加奈子。会いたかった。会いたくてたまらなかった」

想いを吐き出す明彦さんに加奈子さんはしがみつき、彼の胸に顔をうずめたまま動かない。

加奈子さんも気持ちを伝えて。会いたかったと、伝えて——。

祈るように見ていたものの、しばらくして加奈子さんは彼から離れてしまった。

「ごめんなさい。明彦くんの顔を見られたら、それでいいと思っていたのに……。もう、結婚してるんでしょう？　こんな昔の女に――」

その発言を聞きハッとした。彼女が再会をためらっていたのは、明彦さんが別の女性と愛を深めていると思っていたからなんだ。

だけど毎年ここに足を運んでいた彼の心の中には、彼女がいたはず。おそらく、誤解だ。

「するわけないだろ。ずっと加奈子のことだけを想って生きてきたのに」

明彦さんが加奈子さんの肩に両手を置き、興奮した様子で話しかけている。

「私のことだけなんて嘘よ。だって見たの。四年生のとき、インカレであなたが小柄な女の子と仲良くしているのを」

「そんなことがあったんだ……」

唖然としていると、明彦さんは首を傾げている。

「小柄な……。あっ！　もしかして陸上部の仲間のこと？」

どうやら心当たりがあるようだけど、『仲間』と言うのだから、恋愛感情があったわけではなさそうだ。

「彼女も同じようにセレクションで入学してきた長距離の選手だったんだ。けど、二年生のときに靱帯を切ってしまって、それからはマネージャーをしていた。俺が加奈子のことをずっと好きなことも、加奈子のために跳んでいることも知っていたよ」

「私の、ため？」

加奈子さんは呆気《あっけ》に取られている。

「もちろんだ。彼女には弱気になると目をつぶれと言われた。そしてこの手は俺にパワーを分けてくれる加奈子の手だと言って握ってくれた。成功したときもそう。加奈子が喜んでいるんだと」

それを聞いた彼女は目を真ん丸にして唇を震わせている。

「誤解だったんだ……」

私は胸を撫で下ろした。

「俺はいつだって、加奈子と一緒に空を飛んでいた。お前と一緒だったから踏ん張れたんだよ」

明彦さんがそう語りかけると、加奈子さんはとうとう口を押さえて嗚咽《おえつ》を漏らし始める。

「私……てっきり彼女ができたんだと思って、会いに……来られなかったの。だって、明彦くんを傷つけるような……一方的な別れ方をしてしまったし……。恨まれても、仕方……ないと思っ……」

泣きじゃくる加奈子さんは、必死に言葉を紡ぐ。

「恨むわけがないだろう？　それに、謝らないといけないのは俺だ。加奈子、ごめんな。監督から競技に集中できなくて支障が出るから別れろと言われたんだよな」

「そんな……。ひどすぎる」

衝撃的な告白に驚いて隣の神月さんを見上げると、彼も顔をゆがめている。

「俺、知らなくて。大学の卒業式の日に、初めてそれを聞いたんだ。別れさせて正解だったって」

それで加奈子さんはあの日、明彦さんのことが好きだったからこそ、別れを口にしたんだ。だからあんなにつらそうな顔をしていたんだと、ようやく納得できた。

「ううん。違うの。嘘をついて傷つけたのは私」

「いや、俺がハイジャンを続けていられたのも、つらいトレーニングに耐えられたのも、全部加奈子のおかげだったのに。それなのに……守れなくてごめん。加奈子の苦しみに気づいてやれないなんて、俺はなんてバカだったんだろうって」

明彦さんは悲痛な面持ちで、もう一度彼女を腕の中に誘《いざな》う。すると加奈子さんはその腕の中で首を振っている。

「ううん。謝らないで。もう、十分。明彦くんが今でも私のことを忘れないでいてくれたなんて……。私はもうそれだけで――」

声はかすれ、続かない。

「こんなに好きなのに忘れるわけがないだろ？」

「明彦くん……」

彼の強い想いは、加奈子さんの胸に響いただろうか。

「インカレで頂点取れなかったけど……、満足いく跳躍ができた。すべてを出し切れた。あのとき、やっと空を飛べたと思ったんだ。見てて、くれたんだね」

「うん。ちゃんと目の前で。やっぱり明彦くんには空が似合うよ」

明彦さんは腕の力を弱め、彼女の顔を覗き込む。

「サンキュ。加奈子に褒められるのが一番うれしい」

「まだ褒め足らないよ」

加奈子さんが泣きながら笑顔を作ると、明彦さんの目から涙があふれだす。

「ありがとう。加奈子」

「ごめんなさい。でも私、明彦くんに会うべきじゃなかった」

今でも互いに思い合っていることがわかったばかりなのに、どうしてそんなことを言うの？

「そんなことない。俺は、最後に会えて幸せだよ」

「明彦くん……」

加奈子さんは、肩を震わせ号泣しだした。

『最後』って？　これは始まりでしょう？

「明彦さんまでなにを言ってるの？」

もう見ていられない。ふたりに駆け寄ろうと足を踏み出したものの、神月さんに止められた。

「止めないでください。あのふたり、あのままじゃ……」

そう訴えたのに、首を振っている。

神月さんって優しい人だと思っていたけど、実は薄情なの？

そんなことを呆然と考えていると、再び明彦さんの声が聞こえてきた。

「今度は加奈子が空を飛ぶ番だね」

「……うん」

加奈子さんが空を飛ぶ？　どういうことだろう。

「俺、加奈子に近づけるように、もっと高い空を目指すよ。だからいつか一緒に、空を飛ぼうな」

ふたりの視線は絡まりあったまま解《ほど》けることがない。

「うん」

「加奈子、愛してる」

そして唇が重なった。

「よかった」

「えっ……」

疑問だらけの会話にひやひやしたけれど、心を通わせられたんだ。そう思った瞬間。

目の前から加奈子さんが消えてしまった。

「なんだ。美琴は気づいてないのか」

「なに、を？」

モーに指摘されたが、なんのことを言っているのかわからない。

オロオロしている間に、明彦さんが私たちのところに戻ってきた。

皆、どうしてそんなに冷静でいられるの？　加奈子さんは？

「神主さんのおっしゃる通りでした。会いたいと願っていたら、会えました」

「はい。よかったですね」

よかったって……加奈子さんはどこ？

放心してふたりを見ていると、神月さんが再び口を開く。

「加奈子さんが天に召されたこと、いつお知りになったんですか？」

えっ？

神月さんの言ったことが理解できない。

「ちょっ、失礼です。加奈子さんは今、そこに……」

私が指さしつぶやくと、明彦さんは視線を落として話し始める。

「……加奈子が病で命を落としたのは、半年前です。それを三カ月前に同級生から聞きました」

「命を落とした!?」

思わず声を上げた私に、明彦さんはうなずく。

「心疾患の可能性が高いそうですが、はっきりとは原因がわからなかったそうです。私がまだ加奈子のことを愛し続けていると知っていた地元の友人は、すぐには言い出せなかったようで……」

明彦さんは必死に唇を嚙みしめているが、その声は震えている。

「そんなことって……」

私が肩を落とすと、神月さんが励ますように背中に手を添えてくれた。

「加奈子さん、あなたの幸せのために、ひと目だけ見て会わずに逝かれるおつもりでした」

「まったく。他人のことばかり考えて、自分はひたすら我慢。そういうところは昔からずっと変わらない」

再び明彦さんの瞳から大粒の涙がこぼれる。

「でも、ここの神様が引きとめてくださったんですね」

「そうですね。あとはあなたの強い気持ちです」

きっぱりと言い切った神月さんは、とても優しい表情をしていた。

もしかして、明彦さんは加奈子さんに気づかなかったんじゃなくて、見えなかったの？

「そっか……」

加奈子さんは明彦さんのためを思い、死んでしまった自分が姿を現さないほうがいいとためらっていたんだ。明彦さんに余計な未練を残さないようにと考えたのかも。

だけど、明彦さんが自分の死をすでに知っていることや、それでも会いたいと願っていることがわかって……ようやく、会いたいという気持ちを素直に出すことができたんだ。それが、明彦さんが彼女を見つけた瞬間、だったんだろう。

「毎年、会いに来てもいいでしょうか?」

「もちろんですよ。神様も、そして加奈子さんも、お越しになるのを首を長くしてお待ちになっていると思います。あっ、もちろん私たちも」

神月さんの言葉に大きくうなずく明彦さんは、涙を拭こうとしたのかポケットに手を入れハンカチを取り出した。

「あれ?」

彼が怪訝な声を上げたので目をやると、それが加奈子さんに渡した私の花柄のハンカチだったので驚いた。

「これは、私のものではないのですが、どうしたんだろう……」

「それは私のハンカチです。加奈子さんにお貸しして……。でも、よければお持ちください」

私のハンカチでは申し訳ないが、これは加奈子さんが最後に手にしていたものだ。

「いいんですか?」

「もちろんです」

「彼女の涙は、こうしておきますから」

神月さんが会話に入ってきて、白い上衣の袖でごしごしと私の顔を拭く。

「ちょっ……」

その拭き方がかなり雑で、しかめっ面になってしまう。

そんながさつな神月さんだけど、心根は優しく細やかな気配りができる人だ。明彦さんがためらいなくハンカチを持っていけるように配慮したんだろう。

「加奈子さんのことは胸にしまって、大空を羽ばたいてください」

神月さんがそう伝えると、明彦さんは笑顔を見せる。

「ありがとうございます。実業団で競技を続けているのですが、最近はなかなか記録も伸びなくて。でも、もっともっと高く跳ばないと。加奈子に褒めてもらいたいですから」

明彦さんは私のハンカチを大切そうに握りしめて頭を下げたあと、境内を出ていった。

彼のうしろ姿がすっかり見えなくなると、神月さんが不意に私の頭をポンと叩く。

ふたりはやっと気持ちを通じ合わせたのに、まさか加奈子さんが手の届かない人になっているなんて。神様は残酷すぎる……。

加奈子さんが消えてしまったときのことを思い出すと、一度は引っ込んだはずの涙がじわりとにじんでくる。

「神様のバカ」

思わずつぶやいた瞬間、神月さんがプッと噴き出した。

明彦さんは『神様が引きとめてくださったんですね』なんて感謝していたけれど、そもそも加奈子さんの命を救ってくれればよかったのに。

「爆弾発言だなぁ。神様、そこにいらっしゃるんだし」

「そうですけど！」

簡単に割り切れない。

「ま、いいか。僕もそう思ったからね」

「えっ？」

神に仕えている身分のくせに？

彼を見上げると、今度は大きな手で優しく私の頬を拭う。

「切ないね、こういうの。あんなに強く惹かれ合っているのに結ばれることなく終わってしまった……」

まるで人間のようなモーの発言に目を丸くしていると、神月さんが続く。

「終わってなんてないさ。ふたりはこれからもずっと強い絆《きずな》で結ばれていくよ。来世までね」

「輪廻《りんね》か？」

「そう。魂は流転する。僕はそう信じてる」

『来世』なんていう単語が出て驚いた。でも、それを待てるほどふたりの愛は深いということか。

「千早。お前神主見習いだろ？」

感心していたのに、モーが首を振り呆《あき》れ声を出す。人で言うなれば、肩をすくめるという感じだ。

「そうだけど？」

飄々《ひょうひょう》と返事をする神月さんは、チラッとモーに視線を合わせている。

「モー、なにがいけないの？」

ふたりの会話が理解できずに尋ねると「美琴は無知すぎるな」と痛いひと言を食らった。

「しょうがないだろ。美琴さんはこの世界の人じゃなかったんだし。そもそも僕たちが無理やり引っ張ったんだ」

「無理に引っ張ってなんかないぞ」

「野澤さんとの再会のあと『巫女をやれ。それが今日の報酬でいい』って言ってなかった？」

「お前、余計なことはよく覚えてるんだな」

あれ、またケンカしてる？

仲がいいんだか、悪いんだか。

「ちょっと待ってください。それで、なにがダメだったんですか？」

慌ててふたりの間に割って入ると、モーが私を見下したような目で見つめながら口を開いた。

「輪廻っていうのは仏教の概念だ」

「そうなの？」

『輪廻』という言葉はよく耳にするけれど、知らなかった。

「神道では、亡くなったあとの霊は現世《うつしょ》とは別の次元に行くわけではなく幽世《かくりょ》にあり、ただ見えないだけですぐそこにいるという考え方だ。だから魂が流転して来世で出会うのではなく、加奈子は見えないだけで、明彦のそばにいるというのが正しい」

滑らかに語るモーって本当に猫なんだろうか。いや、眷属か。

そういえば、さっき神月さんも『神様、そこにいらっしゃるんだし』と言っていたような。彼だってこの概念を知った上で、そうであったらいいなと思ったのかも。私も同じだ。

「そばにいるのは心強いですけど、会えないのは寂しいですよね。私は輪廻を信じます」

「巫女失格だな」

モーに辛辣な言葉を浴びせられたが、神月さんは微笑んでいた。

私には前世の記憶があるわけじゃない。それに幽世の世界も知らない。なにが正しいのかわからないなら、都合のよい解釈をしてしまおう。

「しっかし、美琴はバカだった」

「はっ、バカって失礼ね！」

モーの悪態の矛先がさらに私に向き、大きな声が出る。

「だってバカだろ。加奈子が死んでることに気がついてなかったくせして。だいたいな、ここがどういう場所か最初に説明しただろ？」

「あ……」

そっか。ここは〝生ける者と死した者の再会が許されている場所〟だった。

「ふたりとも最初からわかってたんだ」

「もちろんだ。それにしても、やっぱり肝っ玉ばあさんの孫だな。全然動じてない。いや、ただバカなだけなのか？」

モーは呆れたように畳みかける。

「だから、バカじゃないって！」

私が反論すると、モーは「なんか言った？」と言い残してマイペースにのそのそと社務所の中に入っていく。

他人の話は最後まで聞きなさい！

たしかに加奈子さんがもう亡くなっていたことには驚いた。もし、祖母と再会していなければ、怖くて神社を飛び出していたかもしれない。

でも、加奈子さんの明彦さんを想う気持ちは、なんの混じりけもない純粋さを保っていて美しかったし、明彦さんの気持ちも然《しか》り。もうこの世で結ばれることは叶わないが、来世であろうが幽世であろうが、きっといつかふたりで手をつないで、空を自由に飛び回るだろう。

傍《はた》から見れば、悲しい結末、だったのかもしれない。けれども、ふたりにとっては必ずしもそうではなかったはずだ。

それに、未来へとつながる瞬間に立ち会えたのだから、〝怖い〟より〝よかった〟

が上回っている。

「やっぱり美琴さんに巫女をお願いして正解だった」

「どうしてですか？」

特になにもしていないと思うけど……。

「美琴さんの熱い気持ちが、加奈子さんに通じたんだよ。美琴さんがいなければ彼女は心を開かなかったと思うな」

「そんなことはないと思いますけど……」

最後のきっかけは、神月さんが作ったような気もするし。

「ううん。間違いない。やっぱり美琴さんは、ここに来るべき人だったんだと思う」

「ありがとう、ございます」

そんなふうに言われると、ちょっと照れくさい。だけど彼が、『私がいてもいい場所なんだよ』と教えてくれたと感じたので、ありがたくその言葉を受け取っておくことにした。

「さて、境内の掃除でも始めますか」

「はい」

神月さんに促され、社務所から竹ぼうきを持ち出した。

「竹ぼうきなんて、小学校で掃除に使ったとき以来かもしれません」

祖母の家にもなかったような。

「そうだね。最近は持っている家はなかなかないかもしれないね。そういえばこの前、テレビで見たんだけど……なんて言うんだっけ、風でごみを飛ばす……」

「エアブロワーでしたっけ。でも、もしかしてそれを使おうとしてます？」

「あはは。桜の花びらが次から次へと落ちてくるから便利そうだと思ったんだけど、やっぱりダメだよねぇ」

たしかに、一日に何度もの掃き掃除は大変だけど、さすがにまずいでしょ？

「久久能智神に叱られちゃいます。私、頑張りますから」

掃除も誰かを幸せに導く手伝いも、できることがあれば全力でやろうと決めた。私はここで新しい未来を作っていく。

「それは助かる」

柔らかな笑みを浮かべ私を見つめる神月さんは、ふと真顔に戻ってもう一度口を開く。

「さて問題です。足を進めるときはどちらからでしょう？」

「え……。えーっと」

教えてもらったばかりだからまだ身についていない。朝拝のことを思い出してみたものの、正解がわからない。

「進左退右、起右坐左でした。答えられなかったから、罰として夕飯は一緒に食べること」

「夕飯？」

「そう。皆一緒のほうが楽しいよね。美琴さんの歓迎会もしてないし」

もしかして神月さん、毎日私がひとり寂しく夕飯を食べていることを心配してる？

「あー、でも、モーは食べてるときは無言だから。食べ終わって満足したらうるさいけどね」

神月さんはその光景を思い出しているのか、クスクス笑っている。

「それじゃあ、お邪魔します」

「そうと決まったら早く掃除を済ませて、夕拝しないと」

神月さんはテキパキと竹ぼうきを動かし始めた。

『おばあちゃん。私、ふたりに大切にしてもらえてます』

ふと空を見上げて心の中でつぶやく。

『だから私も、ふたりを大切にします。それと……ここを訪れる人たちが幸せになれるように頑張るね』
その瞬間、フワッと強い風が吹いてきて、せっかく集めた花びらが空を舞う。しかし、淡いピンクの花が空一面に咲いたような錯覚を感じて、まんざらでもない。
「えー、やり直し？」
神月さんは落胆しているけれど、久久能智神が加奈子さんの花道を作ってくれた気がして、自然と笑みがこぼれた。

第三章 魔法のコンパス

神社に通うようになってはや二週間。ほんのわずかに残っていた桜の花びらが、穏やかな春風に吹かれてハラハラと空に舞い上がっていく。

神社の境内を敷き詰めていた鴇色《ときいろ》の絨毯《じゅうたん》が次第になくなるのが少し寂しい。

社務所の玄関周りを掃除していると、別の神社に研修に行っていた神月さんが帰って来た。

「おかえりなさい」

「ただいま。もう桜が散っちゃうね」

私がソメイヨシノを見ていたことに気づいたからか、彼はそんな声を漏らす。

「残念ですね。また来年」

長い年月を経ているこの桜の木に、『また来年』がある保証はない。でも、それを信じたい。

「留守中、なにもなかった?」

「はい。お米屋さんが配達に来てくれたくらいです」

神月さんがいない時間はちょっと緊張もするが、モーがいてくれるので心強い。こっそり指示を仰げるからだ。と言っても、氏子さんとのおしゃべりくらいしかしたことがなく、困ったこともないのだけれど。

「そう、ありがとう。それにしても美琴さん、すっかり袴を着慣れてきたね」

「そんなことないぞ。さっき社務所に上がるときに裾を踏んで顔から突っ込んでたよな、美琴」

モーは神出鬼没だ。いつもタイミングよく現れて、余計なことを口にする。

「悪かったわね」

「あー、こわっ。そんなに怒るとシワシワになるぞ」

モーの言葉にカチンとくる。煽《あお》ったのはモーでしょう?

「うるさいな、モー」

「美琴までそんなあしらい方をするなんて。眷属様に向かって、失礼だ!」

それなら眷属らしくしなさいよ。あの祝詞を上げるとき以外は、いたって普通の太った牛柄猫だ。

「眷属とか神使って、狐《きつね》とか大蛇とかっていうイメージだったんだけどなぁ」

本音をポロリとこぼすと、隣で聞いていた神月さんが「ははっ」と笑い声を上げる。

「そうそう。あとは猿に猪《いのしし》、鹿なんかが有名だね。猫は僕も知らない。あっ、でも牛はいるな」

「どういう意味だ!」

神月さんが追い打ちをかけるとモーは不機嫌になり、プイッと顔を逸らす。

もうこの光景もすっかり見慣れてきた。いつもケンカをしているけれど、本当は大切なことは言葉に出さずとも伝わるような間柄だ。

神月さんがモーの怒りをスルーして、社務所に入っていこうとすると……モーはなにかを思いついたらしく、すごく意地悪な顔をしてニヤリと笑う。

猫もこんな表情を持っているとは知らなかった。

「美琴、心配するな。千早は今でもよく袴を踏んづけて鼻血出してるから」

「鼻血？」

それって結構派手に転んでない？

「あー、粗大ごみ発見」

モーの発言に一瞬だけ顔をしかめた神月さんは、玄関に置いてあった竹ぼうきを手にしてモーを掃き始める。

「なにするんだ」

「しょうがないだろ。牛が落ちてるんだから」

あ、神月さん静かに怒ってる。

私はそれを見て笑いを嚙み殺していた。

私も掃除の続きに取りかかろうとしたとき、鳥居をくぐって入ってくる三十代くらいの女性に気がついた。

肩下十センチほどの黒髪をひとつに束ね、あまり化粧っけのないその人は、心なしか顔色が悪い。体調がよくないのだろうか。

私が凝視していると、神月さんも同じように視界に入れている。

参道の真ん中が神様の通り道だと知っているのか偶然なのか、彼女は右側をまっすぐに歩いてくる。しかし、手水舎で身を清めることなく通りすぎた。

とはいえ、神月さんの言う通り参拝することが大切なので、もちろん声をかけて注意したりはしない。

「美琴さん、掃除中断」

「えっ？」

唐突にそう言った神月さんは私の腕をグイッと引き、社務所に入る。華奢《きゃしゃ》な体からは想像できない力強さだ。すると、モーもついてきた。

「木がざわついてるな」

モーのひと言で身が引き締まる。久久能智神のお知らせだ。

「モーは仕事。今回はちゃんと聞き出せよ」

神月さんは視線であの人のところに行けと言っている。話を聞いてこいということだろう。

「は？　お前神主目指してるんだろ？　たまには自分でやれ」

「毎日ちゃんと働いてるだろ？　モーは寝てるかただ飯食らってるかだけじゃないか」

たしかに、あの儀式以外はよく社務所の縁側で眠っている。まあ、眷属とはいえ猫なのだから、なにができるかと言われると返答に困るんだけど。

「神を冒瀆《ぼうとく》するつもりか！」

「モーは神じゃないだろ。伝言係だ」

たしかに、神様ではないけれど、『伝言係』には笑いをこらえきれない。

「なんだその、〝黒板係〟みたいな言い方は。眷属を敬う心が足りん！　だいたい千早はだな――」

モーの上から目線のお説教が始まった。すると神月さんはまるで聞こえないかのように無視を決め込み、もう一度女性のほうを見つめる。そしてひと言。

「そうだよなぁ。役に立たないことがバレると困るよな」

ひとり言のようにつぶやく彼に、モーがピクッと反応する。

「なに言ってるんだ。俺様は今までずっとこの神社を支えてきた功労者だろうが」

モーが反論しても神月さんは完全にスルー。

するとモーは何度も小さく首を振り、メタボ気味のお腹をタプタプさせてあきらめたように社務所を出ていく。

「もちろん、感謝してる」

モーが出ていったあと、神月さんがポツリとつぶやいた。

それって、モーのこと？

「素直にそう言えばいいじゃないですか」

そう突っついたのに、彼は意味深な笑みを浮かべるだけ。

仲のいい男同士って、こんな感じなの？　女同士でもこんなことはあまり口にしないか。なんとなく照れくさい。

そんなことを考えているうちに、モーが女性のところにたどり着いた。すると神月さんは、和室の窓を少し開けた。

「さて、聞こえるかな？」

「あの人、なんだか顔色が悪いですよね」

「うん。なにか思いつめた感じだね」

私の問いかけに、神月さんがそう返してくれる。

そっか。体調ではなく精神的に参ってるのか。

「ストレスでしょうか？」

「どうかな」

モーが「ミャー」なんてかわいらしい声を上げるのはお決まりのようだ。前足で顔を拭うという、猫らしい仕草を強調して愛くるしさをアピールしているように思えるのは、考えすぎだろうか。

「こっちおいで？　かわいいわね」

どうやら気に入られたらしい。女性は足下にちょこんと座ったモーの頭を何度も撫でている。しかし次の瞬間、大きなため息をついた。

「はー。どうして……」

ボソリとそうつぶやき、視線を下に向ける。今にも泣きだしそうな彼女は、目を閉じてしまった。

「やっぱり様子がおかしいですね」

私の発言に同調するように、神月さんもうなずく。

「ここに来る人は、町内の氏子さんが多いよね」

「はい」

彼の言う通り、氏子さんが時々訪ねて来ては話をして帰っていく。私が巫女として働き始めたという噂《うわさ》が広がってからは、神月さん曰《いわ》く、今までの五割増しで参拝者がやってくるのだとか。

「あとは、たまたま覗いてみたとか……」

それは私だ。たまたま覗いたら縁があって、巫女をやっている。

「他には、願い事があるか、悩み事か……」

なるほど。町内の〝いつも〟の顔ぶれを除けば、願いを叶えたいときや悩みを解決したいときに来ることが多いかもしれない。

「悩み事があるということですね」

確認すると彼はうなずいた。

それに、久久能智神が木を揺らしたということは、彼女に会いたい人がいるということだろう。

「あの……彼女はどちら側の？」

加奈子さんのことがあるので確認のために聞くと「こっちだね」と即答される。つまり生きている側の人間ということだ。

だけど、どうしてわかるんだろう。私には木のざわつきも、どちら側の存在なのかもさっぱりわからない。それは私の役割ではないということなんだろうけど。

ということは……彼女が会いたいと思っているのは、亡くなった人、か。誰だろう。

再び視線を女性に戻すと、しばらく唇を嚙みしめていた彼女は、しゃがみこみもう一度モーに手を伸ばしたものの、眉根を寄せる。

「最低な母親よね。こんなはずじゃなかったの。私だって一生懸命……」

ついに彼女の頰に涙が伝った。

モーはそれを見たからか、彼女にぴったりとくっつき甘えるように顔を擦り寄せている。

「もう、一年と四カ月経ったのね。でも喜一《きいち》は、許してくれないわよね」

喜一というのは誰のことだろう。『最低な母親』と口にしたということは、もしかしてお子さん？

そんなことを考えると、心臓がバクッと大きな音を立てる。

「お子さんが亡くなっているの？」

手に汗握りながら見つめていると、女性はモーを抱き上げギュッと抱き寄せた。

◇◇◇

喜一が産まれたのは、九年前の夏の暑い日だった。二六七〇グラムと少し小さめで産まれてきたのに、泣き声は一人前。母子同室の病室ではひと晩中泣き叫び、産後なのにまともに眠れない私を見かねた看護師さんが、ナースステーションで預かってくれたくらいだった。

とはいえ、元気にこの世に誕生してくれたことがうれしく、退院してからも喜一第一でフラフラになるまで育児に没頭した。

喜一が初めての子だった私は、当然育児の知識も乏しく、右往左往する毎日。しかし夫は課長に昇格したばかりで帰りも遅く、育児の手伝いはおろか愚痴をきいてもらうことすらできなくて、ひとりでこっそり涙を流すこともしばしばだった。

喜一が三歳になる寸前に、弟の一明《かずあき》が生まれた。二人目ということで少し育児のコツがわかってきた私は、喜一のときほど肩肘張ることなく育てることができ、おまけに喜一が危なっかしいながらも一明の世話をしてくれる様子を微笑ましく見ていることができた。

子供の笑顔が弾ける家がこんなに幸せだとは知らなかった。

実家が遠くて実母を頼りにすることができなかったので、もちろん大変なことは多々あった。それでもそれ以上に楽しいことばかりだった。半年後に喜一が幼稚園に入園する、までは。

やっとひとり幼稚園に行ってくれるようになったとホッとしたのだが……それで子育ての悩みは終わりを迎えることはなかった。

通い始めてもうすぐ一年。慣れてきたこともあったのか、喜一は同じクラスのちょっと気が強い女の子を叩いてしまった。

その女の子――えっちゃんが、滑り台の順番待ちをしていた他の男の子を押しのけて先に滑ったのを見た喜一が腹を立てたらしく、滑り降りてきた彼女をバチンと平手打ち。当然泣き出した彼女に先生が気づいて、私は呼び出された。

園にもえっちゃんの親御さんにも平謝りして、なんとか許してはもらえたものの、『しつけがなってない』という辛辣なひと言は、私の心を打ちのめした。

完璧だったとは言わない。だけど必死に育ててきたつもりだったからだ。

そしてその日、初めて喜一の頬をぶった。家に連れ帰り、玄関のドアが閉まった瞬間、なにも言わずにバシッと。

「あの子が悪いんだ。あの子が元哉《もとや》くんを抜いたんだもん」

もしそうだとしても、順番を守らなかっただけで平手打ちは度を越している。

いや、それより、私の怒りが収まらないのは……。

あなたが先頭に立って注意しなくてもいいでしょ？　だいたいあなたが被害に遭ったわけじゃないじゃない。見て見ぬフリでよかった。あなたのおかげでダメな母親の刻印を押され、肩身の狭い思いをしなくちゃいけないの。

『困ってる人がいたら、助けてあげるのよ』

そう何度喜一に言って聞かせたことか。それなのに、それを全否定している自分が信じられないけれど、感情をコントロールすることができなかった。


——乳飲み子の一明を抱っこひもで抱き、毎日毎日送り迎え。喜一が幼稚園にいて自由になる五時間のうち一時間ほどは、毎朝同じように送ってきた他のママ友とのおしゃべりに消えてしまう。

それまで孤独に育児をしていた私は、当初、愚痴を聞いてもらえる存在がありがたく、先輩ママたちに囲まれて楽しかった。だけどそのうちに、この園に子供を通わせるのは三人目というボスのような母親を中心にクラスの誰かの悪口大会となり、相槌を打たなくてはならなくなった。

そのボスママはどうやら幼稚園に多額の寄付をしている資産家の娘らしく、すべてが思い通りにならないとイヤがる人だった。

『自分の娘をお遊戯会で主役にしてほしい』なんていうお願いは当然の顔をして口にするし、『あの子は口が悪くてうちの子に移るといけないから、席を離してほしい』なんていう些細な要望は、日常茶飯事。いや、要望ではなく命令だ。

先生も手を焼いているが、寄付がなくなるのは痛手で断りきれないんだとか。

ボスママの意見に賛同できないのなら、その仲間から抜ければよかった。でも、その輪からいなくなれば、悪口の矛先が即自分に向くのではないかと怖くてたまらず、離れることができなかった。

彼女は、自分に従わないとわかったら徹底的に叩き始める。ちょっとしたことでも揚げ足を取り、子供には性格が悪いとかやんちゃというレッテルを貼るし、その母親の育て方を全否定することもしばしばだった。

極めつきは、そうやって母親を威圧して退園に追い込んでしまうこと。

実際ひとりの女の子が先月園を去った。彼女はボスママの娘の友達だったが、ピアノの発表会でボスママの娘を上回る賞を取ってから難癖をつけられていた。

『並んで手を洗ったときにうちの子に水がかかったの。手を上手に洗えないなんてどんなしつけをしているの？　服が濡《ぬ》れたから謝って』

『お宅の子が話しかけてきたから仕方なく対応していたら、先生に叱られたじゃない。全部お宅の子のせいよ』

毎日毎日そんなふうに責められ、心が疲弊したんだろう。

『普通の生活がしたいから退園します』と言い切ったそのママは、最後にボスママをにらんで去っていった。

私を含む取り巻きの母親たちは、ボスママのわがままが正しいなんて誰も思っていなかった。けれども、「うんうん」と相槌を打ち、さらに悪口を被《かぶ》せる。そう、自分に火の粉が降りかからないようにするために。そうしておけば、ボスママの機嫌がいいからだ。

そうやって必死にしがみついてきたのに、明日から私へのバッシングが始まる。今まで本意ではない笑顔を振りまき、それなりにうまくやれていたのに――。

叩かれたというのに泣き出すこともなく反論してくる喜一が憎い。

私の我慢と努力はなんだったの？

「うるさいっ！　だからといって叩いていいわけがないでしょ！」

私は怒りを抑えることができず、喜一の頬をもう一度思いきりぶった。

結局その日、喜一はジワリと涙を一粒こぼしただけで、大泣きすることはなかった。

そして案の定、あの一件で私と喜一へのバッシングが始まった。

園に喜一を送り届けたあと、つい先日まで加わっていた集団の近くを通ると、チラチラと侮蔑の視線を送られてひそひそなにかを話されていた。

そしてとうとうボスママに言われたのだ。

「暴力をふるう子がいると園の秩序が乱れるのよねぇ。ここは空気を読んで身を引くべきじゃないかしら？　やめてくれない？」

その様子を遠巻きに見ていた取り巻きたちは、冷めた表情を作っていた。

退園を迫られたけれど、あの女の子のママのように強くない私は、それもできなかった。一明を抱え新たな園探しに走り回ることも難しく、電話で数件尋ねてみたものの、どこも待機児童が何十人もいるありさま。かといって、家でふたりの面倒を見るのももう体力の限界だった。

自業自得だったのかもしれない。私もあの仲間にいて、誰も助けてあげなかったのだから仕方がない。そう考えもしたが、どうしようもなかったという気持ちも強く、そのモヤモヤした怒りが喜一に向いてしまって優しくできない。

それが喜一に伝わっているのか、それからは優等生だった。先生の言うことに従い、友達とケンカすることもなくなった。

だけどそれとは引きかえに、喜一は私の顔を見てニコニコ笑わなくなった。一明の面倒を見ることもやめてしまった。

〃無気力〃という言葉が正しいかもしれない。まるで魂でも抜けたかのように、感情をあらわにすることがなくなった。

それでもなんとか卒園にこぎつけ、私立小学校に合格したボスママ親子とはお別れできることになり、やっと平和が訪れた。


しかし、悪夢は繰り返すものらしい。

『大口《おおぐち》さんですか？　私、喜一くんの担任の今枝《いまえだ》と申します』

喜一が小三になり半年ほど過ぎた頃、パート先のレストランに突然かかってきた電話に、腰を抜かしそうになった。

『とにかく、すぐにお越しください』

十四時半までの予定だった勤務を短縮してもらい、十四時前にレストランを飛び出した。いつもは制服を着替えるが、それすらせず、白いシャツに茶色のエプロン姿のまま自転車を走らせ、学校に着くやいなや職員室に駆け込んだ。

「大口です」

はぁはぁと整わない息の合間になんとか声を絞り出すと、職員室に残っている五人ほどの先生全員の視線が降り注ぐ。

「今枝は教室です。児童が動揺していますから、担任がいないと」

「はい……」

今枝先生は、教員生活十八年という比較的ベテランの男性教師。その今枝先生の代わりに私に話しかけてきたのは、白髪交じりで恰幅《かっぷく》のいい男性教務主任の長門《ながと》先生だった。

「この度は、大変申し訳ありません」

とにかく謝らなくては。

私は腰を九十度に曲げ、頭を下げる。

「幸い、相手の児童は手の甲をケガしただけで済みました。ですが、一歩間違えば一大事でした」

「おっしゃる通りです」

喜一が算数の時間に、コンパスの針でクラスメイトを傷つけてしまったのだ。

「出血しておりましたので、念のために養護教諭が病院に連れていっております。喜一くんは、別室で待機してます」

病院に行くほど傷が深かったんだ……。ちょっとしたケンカなのではないかと期待していたけれど、甘かった。

長門先生は「こちらへ」と私を促し、職員室を出る。

「大口くんは体も大きく元気なお子さんですが、少々気が強いと言いますか……」

先生は言いにくそうにしている。

私が知らないだけで他にもなにかしでかしているの？

「本当に申し訳ありません。今日だけでなくご迷惑を？」

「いえ。迷惑というわけではないのですが、時々他の児童を泣くまで追いつめるようなところがあり、大口くんを怖がっている児童がいるのはたしかです」

そんなこと知らなかった。幼稚園とは違い、母同士の交流は少ない。だから情報も入りにくい。

「あっ……」

「どうかされました？」

「いえ、なんでもありません」

そういえば、前回の参観日のとき……私が教室に顔を出したら、数人のお母さんたちが私を見てなにかひそひそ話し始めたような。

幼稚園の頃、あのボスママを中心にあらぬ噂を立てられ孤立していったことを思い出し、身震いする。

「こちらです。今は副校長が話をしています」

案内されたのは【相談室】と書かれた小さな部屋だった。

「大口です。この度は本当に申し訳ございません」

喜一の顔を見る前に、まずは深く頭を下げる。

「お母さんですね。今、大口くんからどうしてあんなことをしたのか聞いていたのですが、なにも話してくれないんですよ。困ったものです」

副校長は大きなため息をついた。

喜一に視線を送ると、クラスメイトをケガさせたというのに、興奮している様子もなくきわめて落ち着いている。その姿がふてぶてしく見えてしまい、怒りがこみあげてくる。

「喜一、きちんとお話ししなさい」

強めの声でたしなめても、うんともすんとも言わない。

なんてかわいくない子なんだろう。

「喜一！」

「お母さんが言ったんじゃないか」

そのとき、喜一の声が狭い部屋に響いた。

「なに、を？」

私がなにを言ったの？

聞き返したのに、喜一はそれきり口をつぐみ顔を伏せた。

「今日は難しいかもしれませんね。相手の子の言い分も聞きたいですし、明日またお話ししましょう。お相手の連絡先をお知らせしますので、謝罪して——」

「アイツが悪いんだ！」

副校長の言葉を遮った喜一が、ガタンと音を立てて突然立ち上がる。

「大口くん、君がケガをさせたんだよ？」

険しい顔をして発言する長門先生を見ていると、幼稚園で女の子を叩いたときに
『あの子が悪いんだ』とつぶやいた喜一の顔が頭に浮かびイヤな汗が出てくる。

もう一度あのつらい日々を繰り返すの？

「申し訳ありません！　喜一！　謝りなさい」

私は喜一のそばに行き、無理やり頭を下げさせた。しかし彼は私の手を振り払い部屋を出ていく。

「すみません。きちんと言いきかせます」

深く頭を下げてから喜一を追いかけて捕まえた瞬間、頬を思いきりぶった。幼稚園で問題を起こしたときと同じように――。

やはり、しつけが間違っていたの？

私が母親でなければ、あの子はもっとまっとうに育ったのかもしれない。私のせいだ。

そう思う一方で、この子が悪いんだという気持ちもむくむくと湧いてきて、今度同じことをしたら一度叩くくらいでは止まらない気がしている。

もう、私はこの子のそばから離れたほうがいいんだろうか。

自分の怒りのエネルギーが大きくなっていくのが恐ろしくて、そんなことを考えていた。

その事件のあと、私はパートもやめてしまった。すれ違う人から冷たい目で見られている気がして、家から出るのが怖くなったのだ。

喜一は一日だけ学校を休んだものの、すぐに登校するようになった。電話での先生の話では、他の友達とも仲良くやっているらしい。

だけど、いつあの悪魔の顔が出てくるかと思うと、毎日家でじっと喜一を待っているだけなのが苦しくてたまらない。

そのせいか、ほんのちょっとしたこと――不注意でコップのお茶をこぼしたくらいの失敗でも、手を上げるようになっていた。

そんな生活に嫌気がさしていた十二月の雪が舞う寒い日。その生活に突然ピリオドが打たれた。

どうして話を聞いてやらなかったんだろう。どうして感情に任せて叩いてしまったんだろう。どうして――。

後悔しても、遅かった。

◇◇◇

あの女性がやってきた次の日は、火曜日だった。

神月さんから週休二日だから自由に休日を決めてもいいと言われお休みにしたものの、家にいてもやることがなく、結局十五時過ぎになって神社へと向かった。時間があるときにしてくれる神月さんの神様の話が楽しくて、その続きを聞きたいというのもある。

花咲商店街に差しかかると、「巫女さんじゃないか」と和菓子屋のおじさんに話しかけられた。以前、羊羹を差し入れしてもらい、奉納したことがある。

毎日のように神社に顔を出す店主は、私の顔も早々に覚えてくれた。

「こんにちは」

「こんにちは。あっ、ちょっと待って」

店主はそう言い残し店内に入っていく。そしてすぐに戻ってきて大福が六つ入ったフードパックを私に差し出した。

「持っていきな」

「でも悪いですから、お金……」

桜色の大福に目をやりながら財布を出そうとすると、止められる。

「これはこの商店街をお守りくださる神様への供え物だ。供えたあと、神主さんと一緒に食べてくれ。先代が亡くなり神社の守り主がいなくって寂れていくと思ってたのに、神主さんやら巫女さんやら、若い力が支えてくれて、皆喜んでいるんだよ」

そんなふうに思ってくれているんだ。

神月さんはともかく、私なんて彼が祈禱を捧げているのをうしろで見守り、掃除をして、モーと言い合っているだけなのに。

「わかりました。ありがたく頂戴してお供えしますね。私も頑張ります」

誰かに必要としてもらえるのがこんなに心地のいいことだなんて、文具メーカーに勤めているときは知らなかった。

あの頃は、会社という大きな組織の中で、なくなっても気がつかないような小さな歯車でしかなく、『支えてくれてありがとう』なんて言葉をかけられたこともない。『売り上げが足りないぞ』ばかりだったもの。

大きな挫折はしたけれど、こうして心温まる人と人との交流を知ることができた。祖母の言っていた、『前に進む』ができていればいいな。

鳥居の前で挨拶をしたあと手水舎で身を清めていると、モーがどこからか現れた。

「美琴、休みじゃないのか？」

「うん、そうだけど。遊びに来ちゃった」

「暇人だな。あれか、彼氏もいなくて寂しいってやつか。あぁ、千早狙いか？」

モーの言葉に目を見開く。

「な、なに言ってるのよ。せっかく買ってきてあげたのに、いらないんだ」

私はモーに持ってきた紙袋をチラッと見せる。

「ココワンの紙袋じゃないか！」

モーは途端に目を輝かせる。

ココワンはこの町で一番大きなペットショップ。どうやらモーは〝ココニャン〟じゃないのが気に入らないいんだとか。

以前、差し入れをしたときに大喜びしていたので、昨日の帰りに寄ってキャットフードを買ってきた。

「うん、そう。イギリス産はなかったけど、一番おいしそうな缶詰ゲットしてきたのになー」

「『してきたのになー』ってお前、よこさないつもりか！」

モーがむきになってつっかかってくる。本当に食いしん坊だ。

「どうしようかな？」

「お前、千早と一緒にいるようになってから、性格悪くなってないか？　千早の影響だな」

「誰の影響だって？」

ドスの利いた声とともに、神月さんが顔を出す。

「チッ、地獄耳め。美琴の性格がどんどん悪く――」

「美琴さん、今日お休みだよね？」

いつも通りの凜々しい袴姿の神月さんは、サクッとモーの言うことを聞き流して、私に緩い笑顔を見せてくれる。

「はい。家にいても暇なので……。あっ、さっき和菓子屋さんがこれをくださって」

神月さんに大福を差し出すと「いつもより高いの来た」とつぶやく。

たしかに、大福を包むもちは店頭でよく見かける白い大福とは違う淡い桜色で、ちょっと大きい気もするんだけど、高いの？

「これ、いちご大福なんだよ。和菓子屋さん、僕には普通の大福なんだけど、美琴さんがかわいいからだよね、うん」

彼は恥ずかしいことをサラッと言ってのけたくせして、ほんのり頬が赤く染まっている。

「千早、鼻の下が伸びてるぞ」

「うるさいな。かわいい女の子に弱いのは男の性だろ」

もう一度『かわいい』と繰り返され、鼓動が速まるのを感じる。そんなことを言われたのは初めてだ。

「はぁっ？　お前だけだ。そんな邪念だらけでよく神主なんて務まるな」

またいつもの小競り合いが始まった。

「へぇ、モーって彼女いたよなぁ？　茶色い縞柄《しまがら》の赤い首輪をつけた美人さん」

「彼女!?」

神月さんの発言に、目が飛び出しそうになった。

「なんでお前……」

丸い目をいっそう大きくしたモーの声が小さくなっていく。どうやら事実らしい。

「なんでって、社務所の裏でよくいちゃついてたじゃないか。あぁ、あれは勘違いかな。高尚な眷属様に邪念なんてあるわけないよなぁ」

神月さんの目がキラッと光る。このモーを追い詰めるときの生き生きとした感じ、嫌いじゃない。見ていると楽しすぎる。悪趣味だけど。

「なっ……」

「かわいい女の子に弱いのは──」

「男の性だ。仕方がない」

あっさりと陥落したモーを見て、たまらず噴き出した。

神月さんはしたり顔。この勝負は神月さんの勝ち。

「そんなことどうでもいいや。大福は奉納してからいただこう。あれっ、それココワンの袋？」

あっさりとモーの話を流した神月さんは、私が持っている紙袋に気がついた。

「はい。缶詰を……」

「気を使ってもらって悪いね。いいんだよ、牛は食いすぎだから」

「千早っ！」

やっぱりこのふたり――いや、ひとりと一匹は面白い。

すぐにでも食わせろと言いたげなモーのことは見なかったことにしたようで、私が買ってきた缶詰まで神様に奉納するらしい。

和菓子屋さんとは違い、純粋にモーの食事として買ってきたのだから、なんだか申し訳ない気がするけれど、「優しい気持ちを奉納するんだよ」と言われてうなずいた。

「それじゃ早速――」

神月さんが大福片手に拝殿に向かおうとしたとき、どこからかすすり泣く声が聞こえてきて彼の動きがピタッと止まる。足下のモーでさえ少しも動かず、耳を澄ましている。

「泣いてる?」

「そうみたいだね。ちょっとこっち」

私の声に反応した神月さんは、私を手招きして社務所へと向かう。

おしゃべりがしたくてやってくる氏子さんは除いて、参拝の邪魔をしないのが基本。もちろん、なにか尋ねられれば答えるが、参拝客は久久能智神に会いに来たのであって、私たちはたまたまいるだけというのがその理由だ。

だから積極的にかかわるのは、久久能智神が木をざわつかせたときのみ。このルールは徹底している。

私たちは社務所に入ったあと和室の障子を少しだけ開け、鳥居のほうに視線を向けながら息をひそめた。

いつもならこんなことはしない。参拝の邪魔はしないが、掃除をしていても続行するし、仕事を中断することもない。だけど、今回は泣き声が聞こえるので、気になるのだ。

石畳の階段をべそをかきながら上ってきたのは、身長百四十センチくらいの男の子だった。癖のないサラサラの髪がうらやましい。

あの子、どうしたんだろう。小刻みに肩を震わせ泣き止《や》む様子はない。転んだのかもしれないと目を凝らしてみたけれど、ケガをしているわけでもなさそうだ。

彼はそのまま参道を歩き、やがて拝殿の前まで行くと、ランドセルを下ろして階段に座った。

「なんでだよ。なんで喜一の話をしたらダメなんだよ」

悔しそうにそう吐き捨てる彼は、ごしごしと目をTシャツの袖で拭う。

「皆が悲しくなるから心の中にしまっておこうって、意味わかんない。僕の一番大切な友達なのに！」

なんのことだろう。友達がどうかした？

「うまく描けるようになりたいよ……。そうしたら皆、喜一のいいところを思い出すよね。喜一、皆に描き方を教えてあげてたもんな」

なにを描けるようになりたいの？　絵、かな？

なんだか妙な胸騒ぎがする。その胸騒ぎの理由ははっきりしないけど、あの男の子は助けを求めているような気がする。

「神月さん、木はざわついていないですか？」

だから私は尋ねた。自分ではわからない。

「そうだね。特には」

それにはモーも同意らしく、なんの反論もしない。

「でも、困ってませんか？」

「困っているかも、ね。だけど、久久能智神が木をざわつかせるのは……」

「あっ、そっか。そうですよね」

大切なことをまた忘れるところだった。生きている人と亡くなった人との再会を手伝うのが久久能智神の役割。つまり、生きている者同士の後悔や悩みには、関与しないのだろう。

「うーん。久久能智神が木を揺らさない理由には、多分美琴さんが今考えていることと、もうひとつある」

「もうひとつ？」

神月さんの発言に首を傾げる。

「たとえ相手が死者であっても、久久能智神が再会しないほうがいいと判断することがあるんだ」

神月さんの代わりにモーがそう答えた。

「しないほうが、いい……」

自分が祖母と再会して前を向けるようになりつつあるからか、その理由が即座に思いつかない。だけど、再会して憎しみが募るとか、ますます忘れられなくなって苦しくなる、ということもあるのかな？

たしかに以前、神月さんは『必ずしもよいほうに転がるとは限らない』と言っていた。でもそれは、久久能智神が関与した結果、のはず。今回のように最初から関わらないのはどうしてだろう。

「あっ、あんまり難しく考えすぎないで。例えばあの子。まだ小さいよね。子供と大人って、心の容量が違うんだよ。だから、同じものを見ても受け止められない可能性があるし、それを受け止めるのは時期尚早ということもある」

なるほど。そう言われるとよく理解できる。たしかに子供の頃は視野が狭く、今は当然だと思えることも、当然ではなかった。大人になればわかる感情もあるんだろう。

久久能智神は再会させてあげたいと思っているが、時機を選んでいるということか。

「もしあの子が成長して久久能智神が今だと思ったら、会いたい人に会えるかもしれない。その可能性は残ってるから」

「そうですね。よくわかりました」

あれ、でも……そんなに力説するということは、やっぱり彼が泣いている理由が死者に関することだからなの？

「あのっ……」

「質問が多いぞ、美琴」

モーが呆れているが、ふたりみたいにわからないんだから仕方ないでしょ？

「いいよ。なんでも聞いて？」

「はい。神月さんは、あの子が泣いているのは死者に関係することだと思っているんですか？」

「千早だけじゃないけどな」

いち早く口を挟むモーは『自分もだ』と言いたいらしい。

「そうだね」

「どうしてわかったんですか？」

木がざわついたわけでも、あの子が独白したわけでもないのに。

「昨日のこと覚えてる？」

「昨日……。はい。あの女性のことですか？」

昨日は今日とは違い、木がざわついた。だけどそれと関係あるの？

「そこまで言われても気づかないのか。鈍感すぎて話にならん」

なんで猫にそこまで言われなくちゃいけないのよ。

口を尖《とが》らせモーをにらむと「美琴さんは慣れてないんだから」と神月さんがたしなめてくれる。

「同じ単語をつぶやいてるんだよね」

そして、そうつぶやいた。

「同じ……。あっ！」

「やっとわかったのか」

モーに「はーっ」と盛大なため息をつかれるのが悔しいが、それどころじゃない。

「喜一くん……」

「うん、そう」

そういえば、あの女性が口にした名前が同じだった。つまり、ふたりとも同じ人のことを想っているんだ。

だけど、それって……。

「亡くなっ、て？」

「久久能智神が関わろうとしているんだから、その可能性が高いね」

やっぱりそうなんだ。

神月さんの言葉に、胸がズキッと痛む。ふたりの話から想像すると、あの女性のお子さんが、一年四ヵ月前に亡くなったんだろう。

「相手は子供だし放っておくのも……」

神月さんはそう言いながら、私にチラッと視線を送る。

「美琴さん行ってみる？」

「私？」

「子供相手に牛が行っても、スルーされる可能性が高そうだし」

それって、話を聞きだすというモーの役割を私にしろと言っているの？

「千早！　牛牛言うな！」

モーは怒っているくせして、ちゃんと小声なのが空気読めてる。

「それに僕より優しいお姉さんが話を聞いてあげたほうがいいかなって」

うーん。神月さんより優しいかどうかは別として、たしかに、まだ小学生の彼には女性のほうが受け入れてもらえるような。だけど、役に立つかしら、私。

「でも私、なにもできないですよ？」

「モーなんて『ミャー』って猫被って鳴いてるだけじゃん」

おっしゃる通りです……。

「猫被ってるんじゃなくて、最初から猫だっつーの！」

怒っているモーは放置して、私たちは男の子を食い入るように見つめていた。

「話を聞くだけでいいんだよ」

神月さんはそう言いながら、私にニコッと笑いかける。この笑顔、一見柔らかいけど『もちろん行くよね？』というメッセージがたっぷりこもっている。

「もう学校に行きたくない……」

男の子が弱々しくそう口にしたとき、私は彼のところに行く決心をした。なぜなら私も散々『もう会社に行きたくない』とつぶやいてきたからだ。

助けてあげられるなら助けたい。私みたいにボロボロになる前に。

「私、行ってきます」

「うん。お願い」

それから社務所を出たはいいが、モーみたいにさりげなく近づくというのはなかなか技術が必要だった。モーって結構役者なのかも。

「あら、どうしたの？」

彼の前まで行きそう口にしたけれど、これじゃあ大根も大根。演技力ゼロの役者だ。

自分でも『不自然にもほどがあるでしょ』と突っ込みたい気分だった。

「なんでもない。あっち行って」

すると思いきり拒否されてしまった。

「あはは」

モーがいとも簡単にやってみせることを私はできないのか……。

肩を落としたものの、ここで引き下がるわけにはいかない。

「ねぇ。なんかつらいことがあったときは、甘いものを食べると元気が出るのよ?」

私は持ち出してきたいちご大福を差し出した。

少なくとも私は落ち込んだときは食い気に走る。それが小学生にも当てはまるかどうかわからないけど、〝腹が減っては戦はできぬ〟って言葉もあるくらいだし。

和菓子屋のおじちゃん、そして神様ごめんなさい。奉納の前にお借りします。

すると男の子はピリピリした雰囲気を収め、私の顔を不思議そうに見つめる。

「食べていいの?」

「うん。これ、いちごが入ってるんだって。いちご好き?」

私の問いかけにこくんとうなずいた彼は、素直に手を出してきた。

少しは警戒心が薄れたかかな?

「お名前聞いていい？」

「うん。洋治《ようじ》」

洋治くんは、大きな口で大福を頬張《ほおば》り、答える。

「お腹空いてた？」

「今日、給食食べられなかったんだ」

「そうなの？　お腹でも痛かった？」

「ううん。ちょっと泣いちゃって……」

洋治くんが沈んだ顔に戻り、食べる手を止めるので慌てる。余計なことを聞いてしまった。

「あぁっ、お腹空いてるんだったら、もっと食べていいよ」

最高の笑顔を作って勧めると、「おばちゃん、ありがとう」と洋治くんに返され、ガツンと衝撃が走る。

この子にとって、二十三歳はおばちゃんなのか。せめてお姉さんがよかったな。いや、そんなことより給食の時間も泣いていたって、よほどつらいことがあったの？

食べ物のおかげで少し距離が縮まったと感じた私は、洋治くんの隣に座った。

「学校でなにかイヤなことでもあったの？」

大福を半分くらい食べた洋治くんに尋ねると、顔をしかめてうつむいてしまう。

「今日、算数でコンパスを使ったんだ。僕、なかなか上手に円が描けなくて、いつも喜一に教えてもらってたんだ。それを周りの子と話してたら、先生が喜一のことはもう話しちゃダメだって」

「どうして？」

「喜一は三年生の二学期に死んじゃったんだよ。それを思い出すと皆が暗くなっちゃうからダメって。でも喜一は僕の友達なんだ」

洋治くんは大福をつぶしそうな勢いで握りしめ、声を震わせる。

喜一くんは、やはり亡くなっているんだ……。

覚悟はしていたけれど、小さなため息が出る。

それにしても、大切な友達を懐かしみ話すことすら禁止されるなんてやりきれない。

そりゃあまだ心が十分に育っているとは言い難い子供たちが、悲しい感情に呑み込まれないようにという配慮があったことは想像できるが、それでも友達を偲《しの》ぶことくらいは許してあげてほしい。しかも、よい思い出を話していたようだし。

「喜一くん、どうして亡くなったの？」

「事故だよ。一緒に学校に行く途中で車が突っ込んできて……喜一は僕を守ってくれたんだ」

　彼の瞳から大粒の涙がポロポロこぼれだす。

「そっか。ごめんね。つらいことを思い出させちゃったね」

　一瞬ためらったものの、彼の肩を抱きしめずにはいられなかった。まだ小学生で、大切な人の死を受け止めなくてはならないなんて残酷だ。

「ううん。いつも思い出したい。僕は忘れない。喜一のことは絶対に忘れない」

　洋治くんの強さにハッとする。喜一くんが亡くなったその瞬間まで、洋治くんにとっては彼との思い出なんだ。それがどれだけつらい光景であっても。

「喜一くん、優しいお友達だったんだね」

「うん、そう。僕がコンパスがうまく使えなくて達弘《たつひろ》にからかわれたときも、助けてくれたんだ。でもそのとき達弘がケガをして、喜一が先生に叱られちゃって……」

　達弘くんというのは、おそらくクラスメイトだろう。

　助けた喜一くんのほうが叱られてしまったんだ。

　沈む彼にどういう状況だったのか根掘り葉掘り聞くのははばかられて、それ以上は突っ込まないでおくことにした。

「……そうだったの。コンパスって難しいからね」

文具屋だった私の出番？

勤めていた会社でも、もちろんコンパスを何種類も扱っていた。たしか……小三になると、算数の授業で使うはず。だから需要がある。

「うん。何回描いても、円がつながらなくて。それを見た達弘が……」

洋治くんはそこまで言うと再び肩を震わせ始める。

「あぁっ、ごめん。食べてから話そうか」

このままでは大福が食べられない。とにかくお腹を満たしてあげたくて、私は大福を勧めた。

しゃくりあげながらも食べ進む洋治くんは、やっぱりお腹が空いていたようだ。

しばらくして食べ終わり、持っていた水筒からお茶をゴクンと飲んだあと、私の顔をじっと見つめる。

「コンパス、使えるようになったのかな？」

「ううん。まだ……。喜一が死んじゃってからも練習したんだよ。でも、描けない。グニャッと曲がったり、つながらなくなったりするんだ」

洋治くんは肩を落として悔しそうに言葉を吐きだす。

もしかして彼は、亡くなった喜一くんに『描けたよ』と見せたいのかも。

「実はね、お姉さん、文房具を作る会社にいたの。だからコンパスのこともよくわかるよ」

「へぇー、おばちゃん、コンパス作ってたんだ」

喜一くんが亡くなった事実はどうにもならないけれど、役に立てるかもしれない。

「ねぇ、練習する？ すごくきれいな円を描いて、喜一くんに見せてあげようよ」

「ホントに？」

初めて洋治くんの目が輝いた。

「うん。とっておきの秘策を教えちゃう」

「秘策って？」

私がテンション高めに言うと、彼は首を傾げている。

「うまく描ける方法があるんだよ。コンパス持ってる？」

コンパスがうまく使えないという声は、文具メーカーに勤めていたときもよく耳にしていた。大人にとっては簡単でも、力の加減がうまくいかない子供にとっては、扱いが難しい道具のひとつだから。

最近では様々な工夫が施された特別なコンパスも売られているが、そこそこのお値段がするのでまだ普及しているとは言い難い。

それで、ごく普通のコンパスでもうまく円を描ける方法を独自に編み出し、取引先にアピールしていた経験がある。まさかここで役立つとは。

「今日は持ってない。家に忘れてくるから学校に置いておきなさいって先生に言われてるから」

洋治くんが落胆した様子でつぶやく。

「そっか。それじゃあ明日にしよう。明日もお姉さんここにいるから、持っておいで」

「いいの？」

さっきまで泣いていたというのに、満面の笑み。彼にとって円が描けるということは、とても価値のあることなんだ。

「もちろん。ね、大福おいしかった？」

「うん」

「それじゃあ、もうひとつ持ってく？」

やっと元気が出てきた洋治くんに、追加で持たせる。

「ありがとう！」

「うん。明日、待ってるからね」

頬に涙の跡が残っているものの、笑顔はとてもかわいかった。

彼が元気よく階段を駆け下りていくのを見守っていると、神月さんも出てきて隣に立った。

「美琴さん、お疲れさま」

「聞こえてましたか？」

「うん。だいたいは。健気《けなげ》だね。多分洋治くんは、喜一くんのためにコンパスが使えるようになりたいんだろうね」

私はうなずく。

もちろん、バカにされないようにという意図もあるだろう。だけど、大切な友達に笑ってほしいんじゃないかな。たとえ、もう会えなかったとしても。

「やっぱり、会うのは早いでしょうか」

「そうだね。洋治くんは必死に喜一くんの死を受け入れようとしている。今は混乱させず、見守ったほうがいいと思う」

彼の心の容量はもうすでに満タンだ。どんなに再会がうれしくても、喜一くんはこっちに戻ってこられるわけじゃない。とすれば、すぐにもう一度別れを経験しなければならない。それも酷だ。

「気になるのは……お母さんのほうだよね」

「そうですね」

『最低な母親』と苦しげな顔をしてつぶやいた彼女は、なにを抱えているんだろう。

「モー」

神月さんは社務所のほうに顔を向け、モーを呼んでいる。

「なんだ。またやるのか？」

「そりゃそうだよ。なんのためにここにいるんだ」

たしかに、モーはそれが仕事ではあるけれど。

「お前に癒しを与えるためだろ」

「はっ？　食って寝てるだけなのに、なにが癒しだ」

また始まった。

「ストップ！　モーの力が必要なの。神月さんもどうか手伝ってください。お願いします」

喜一くんのことをもっと知れば、あのお母さんの悩みも解決できるかも。なんの確証もないけれど、それが洋治くんの幸せにもつながる気がする。

「えっと、頑張ります」

すがりつくような言い方をしたせいか、キョトンとした様子の神月さんだけど、うなずいている。そしてモーも「まぁ、美琴がそこまで言うなら？」と同意した。

そもそもふたりも、誰かを助けたいという気持ちをたっぷり持ちあわせているのだから話は早い。

「私、着替えてきますね」

拝殿に入るなら巫女装束でなくては。私はバタバタと社務所に駆け込んだ。

巫女装束に着替えるのも慣れてきて十分もかからず戻ったけれど、もうふたりは拝殿にいた。

『左、右……』

進下退上を間違えないように心の中で唱えながら、モーの左斜めうしろに座ると、神月さんがあの真っ白な巻物を取り出して、きびきびとした所作でモーの前に広げる。

彼は朝拝や夕拝のときもそうだが、拝殿に上がると顔つきが一瞬にして精悍になる。その表情から、この神社が背負った役割をまっとうするという強い意志を感じる。それなら私も、できることを探して少しでも手伝いがしたい。

「参る」

準備が整い神月さんも右側に座ると、モーが声を上げた。

グイッと顔を上げた瞬間……「久久能智神よ。真実を映したまえ」という低い声が拝殿に響き、空間がゆがんだ。

ゆがみが解消されると目の前には幼稚園くらいの男の子の姿がある。髪は短めで、わりと骨格ががっしりとしている、活発そうな男の子だ。

彼の家のリビングだろうか。立派なブラウンのソファが存在感を示している。

『ママ、今日幼稚園でお絵かきしたんだよ。見てー！』

男の子が駆け寄っていく先には、神社を訪れた女性の姿があった。ということは、おそらくあの子が喜一くんだ。リビングの傍らに置かれている小さなベッドには、赤ちゃんがすやすやと眠っている。喜一くんには兄弟がいるらしい。

画用紙片手にキッチンにいたお母さんにダイブする彼は、自慢げに絵を披露している。喜一くんをしっかり受け止めたお母さんは、『すごくじょうず！　でも一明が起きちゃうから、しーっ』と鼻の前に指を立てながらも満面の笑みでその絵を褒め、ギュッと抱きしめている。親子の絆をひしひしと感じる、微笑ましい光景だった。

「特に問題なさそうですよね」

「そうだね」

私が漏らすと神月さんはうなずいている。

『今日ね、えっちゃんが元哉くんを泣かせたんだよー』

『あら、どうして？』

『えっちゃん、元哉くんの作ったおもちゃをわざと壊したんだ』

喜一くんが顔をゆがめて伝えると、お母さんはしゃがみこみ視線を合わせてから口を開く。

『喜一。素敵な男の子はね、困ってる人がいたら、助けてあげるのよ。元哉くんが泣いていたら、よしよしってしてあげて。それで一緒に作りなおしてあげられるといいわね。あとはえっちゃんに意地悪したらダメよって伝えられると最高かしら』

お母さんは口元を緩め、ゆっくりと諭すように話している。

すると喜一くんは『わかった！』と大きな声を上げ、大きくうなずいていた。

「喜一くん、お母さんの言いつけを守ってるんだ……」

だから、からかわれて困っていた洋治くんを助けてあげたのね。

「なかなかいい坊主だな」

モーまで感心しているが、その通り。素直でとってもいい男の子。

次の瞬間、また目の前の空間がゆがみ、どこかに飛ばされる。神社に戻るのかな？と思ったら、今度は幼稚園の園庭らしき場所が現れた。

『ちょっと聞いた？　喜一くん、昨日えっちゃんのこと叩いたんだって。女の子の頬を叩くなんて、信じられない』

園に子供を預け終わったあとなのか、お母さんたち七人でひそひそ話しているのが聞こえる。

「喜一くんが叩いた？」

それを聞き、あんぐりと口を開ける。そんなことをする子には思えなかったからだ。

『そんな乱暴な子がこの園にいるなんて迷惑ね。園の品格が下がるわ』

とある母親がそうつぶやくと、他の皆は同調するようにうなずいている。

もし喜一くんが女の子のことを叩いたとしても、よくあるケンカじゃないの？　そりゃあ、叩いたことは大いに反省すべきだけど、大人が寄ってたかって『迷惑』ってひどすぎない？

『そうよ。どういうしつけをしてるのかしら。うちの子にも喜一くんに近づかないように言っておかなきゃ』

『怖いわね。退園してくれないかしら。ねぇ、先生に訴えてやめさせましょうよ』

唖然としている間に次々と賛同者が続く。けれども最後のひとりは、少し顔をゆがめて口を開いた。

『でもえっちゃん、意地悪することがあるって聞いたし、喜一くんは今までそんなことを一度もしなかったわよね』

『あらあなた、喜一くんママの味方?』

『違う、けど……』

他の六人に凄《すご》まれた母親は、それきり口を閉ざした。

「怖っ」

モーが身震いしている。

「うーん。反論が許されない雰囲気だね」

神月さんも深いため息をついている。

私はある一点に目が釘づけになっていた。あの七人の話を、喜一くんママが物陰で聞いていたのだ。

一明くんを抱いた彼女は、唇を噛みしめ体を震わせている。瞳は潤み、顔は真っ青だった。

「神月さん、あそこに……」

「聞いてたのか……」

神月さんにも喜一くんママの存在を知らせると、険しい顔をしている。

『喜一くん、聞きなさい！』

『イヤだ。僕は悪くない。えっちゃんが先に元哉くんをぶったんだ』

しばらくすると、園舎から園庭に喜一くんが飛び出してくる。だけどお母さんはあの七人に視線を向けたままで気づいていない。

『えっちゃんはそんなことしてないって言ってるわよ。滑り台の順番を守らなかったのは、さっきごめんなさいって言ってたでしょ？』

先生は彼を追いかけてきて、砂場の近くで捕まえ叱る。しかし、喜一くんはすさまじい力で抵抗して暴れている。

『僕見てたもん。えっちゃんは先に滑りたくて元哉くんの足を踏んづけて、グーで背中を叩いたもん！　叩いてないなんて嘘だよ』

説明が具体的で、嘘を言っているとも思えない。

『だとしても、関係ない喜一くんが叩くのはおかしいわ』

『僕もいつも叩かれてるもん。我慢してるだけだよ。でも、元哉くんのことは許せない。僕はえっちゃんより大きいけど、元哉くんは小さいでしょ。大きい子が小さい子を叩いたらダメなんだよ！』

喜一くんの発言に、私と神月さんは顔を見合わせた。

もしかして喜一くんは……自分は〝彼女より大きいから〟という理由で必死に我慢してきたけれど、彼女より小さな、そして大切な友達にまで手を上げられ怒りのメーターが振り切れたのかも。

しかも、『困ってる人がいたら、助けてあげるのよ』とお母さんに言われていたから……。

「喜一くん、お母さんとの約束を覚えてたんだ……」

『すみません！　喜一！　あなたって子は。また先生を困らせてるの？　いい加減にしなさい！』

そこに飛び出していったのはやっと園庭の喜一くんに気づいたお母さんだった。鬼の形相で彼を叱り飛ばす様子は、見ていて身震いするほど。

『しばらくお休みします。本当に申し訳ありません。行くわよ、喜一』

おそらく登園したばかりなのに、お母さんは喜一くんを園から連れ出す。

そしてしばらく歩いたところで立ち止まり、彼を引いていた手を離してしまった。

『今度はなにをしたの？　なんて子なの？　あなたのせいで……。ママがどれだけ苦労して友達の輪に入ったと思ってるの？』

そのとき、お母さんの目からスーッと涙がこぼれる。

そして、再び手をつなぐことなくスタスタと歩いて行く。それを小走りで追いかける喜一くんはお母さんの手を握ろうとしたが、すぐに引っ込めた。

「あっ……」

そこで再び空間がゆがみ、気がつくと神社に戻っていた。


「はー、超ヘビーなもん見ちゃったな。ドロッドロ」

猫のモーにそんなことを言われると、人間としては謝りたい気分になる。

「お母さん、追い詰められちゃったのかな。あんなふうに陰口叩かれて、冷静じゃいられないよ……」

私が思わずつぶやくと、神月さんは難しい顔をして腕を組む。

「お母さんも人間だしね。喜一くんも手を出したのはよくなかったけど、誰かひとりでも彼の言い分を受けとめてくれる大人がいればよかったのに。嘘には聞こえなかったよね」

彼がそう口にしたとき、ハッとした。

「それなら、これからでもできませんか?」

「美琴、また面倒なこと考えてるだろ」

モーがすこぶる迷惑そうな顔をして、私を見ている。

「洋治くん、コンパスがうまく使えなかったとき、喜一くんが助けてくれたと言っていました。でも、クラスメイトがケガをして喜一くんが叱られてしまったと。もしかしてお母さんは叱られた喜一くんの姿しか知らないのかもしれません」

友達を傷つけたら、おそらく親が学校に呼び出される。喜一くんが状況を説明できていなければ、幼稚園のときと同じように彼だけが悪いことになっている可能性だってある。

「だから？」

モーがふてぶてしく尋ねるので、顔の前で手を合わせて懇願する。

「モー。明日、お母さんをここに連れてこられないかな？」

「は？」

「洋治くんと約束してるの。だからその時間に合わせて」

洋治くんに真実を語ってもらうしかない。喜一くんの本当の優しさを知っている彼に。

拝み倒したのに、モーはなにも言わずそーっと腰を上げ拝殿を出ていこうとする。

「ココワンの缶詰三つ追加」

私がつけ足すと、モーの足が止まる。

「美琴さん、違うよ」

すると神月さんが意味深な笑みを浮かべ、口を開く。

「イギリス産、もういらないんだな？」

えっ、食べ物で釣るんじゃなくて脅しですか？

「お前、どんどん性格悪くなってないか？」

「もうココワン行かない」

私も追い打ちをかけると、モーは尻尾をブンブン振り回している。

「お前たち、それでも神主と巫女か！」

「もちろん」

悪びれることなく神月さんが返事をすると、モーがあんぐり口を開けている。

「性悪神主がいてもいいだろ。神様だって悪いやつはいたんだし」

神月さんから教えてもらった神話では、たしかに他の神様を困らせた神もいたようだけど、神月さんは決して〝性悪〟ではないと思う。

「なんて神社だ。神様、こいつら呪っていいですから」

モーは吐き捨てるように言う。

「バカだなぁ。僕たちが呪われちゃったら、イギリス産もココワンも二度と食べられないかもね」

「と、取り消してやるよ」

モーは複雑な顔をして、大きなため息をついてからノソノソと出ていく。その様子を見ながら、神月さんは口を開いた。

「あんなこと言いながら、手伝ってくれるんだよね、アイツ。眷属としてのプライドとか、役割は心得てる」

それにはうなずける。普段はとんでもない毒舌で、面倒なことが嫌いで、食いしん坊で……。だけど祝詞を口にするときのモーは、まるで別人――いや別猫？　のようだ。

「だけど、今回は、モーだけに頼るのはさすがに難しいな。明日、僕もお母さんのところに行ってくるよ」

「えっ、でも明日は研修が……」

別の神社に行く予定だと聞いていたので、モーに頼んだんだけど。

「それは変更してもらう。だって、モーも僕も、久久能智神の神意を聞いて死した者と生ける者の橋渡しをするためにここにいるんだから」

それが一番重要な役割だということか。

「ありがとうございます」

「お礼を言うのは僕のほうだよ。美琴さんの熱い想いは、すごく気持ちいい。改めて、ここを継ぐことにしてよかったと思ってる」

そんなふうに言われると照れくさくてたまらない。

「さて、モーと作戦会議……といきたいところだけど、モーは感覚で動く猫だからなぁ。そんなものは役に立たなくなることばかりだし」

「感覚で？」

どういうことなんだろう。

「そう。察知する能力が高いのは猫だからなのか眷属だからなのかはわからない。でも、ちょっとした変化に気づくのはいつもモー。僕が気づかないことをいつもこっそり指摘してくれる。言い方はツンツンだけど」

そういえば、木のざわつきに最初に気づくのもモーだ。アンテナが張り巡らされているのかも。

「そうだったんですね」

「うん。モーの直観はなかなか鋭くて、しかも状況によって変化するから計画なんて意味がないんだ」

神月さんの優しい笑みから、モーへの信頼が伝わってくる。

「それじゃあ、作戦会議はいいですから、仲良くしてくださいね」

「それはできない相談だな」

と言いつつ、きちんとモーをいたわる姿がありありと浮かんできて口角を上げると、彼も白い歯を見せた。

◇　◇　◇

喜一が逝ってしまってから、気がつくとボーッと物思いにふけっている時間が増えた。一明が学校に行っている間ならいいのだけど、帰って来たあとも話しかけられているのに反応しないことがあるようで、これではいけないと反省している。一明も喜一と同じように大切な息子だからだ。

彼は喜一とは違い内弁慶で、学校から呼び出しがあるようなことをしでかしたことは一度もない。その代わりとても繊細で、私の言動ひとつで大きく心が揺れ動いているのがわかる。それを知っているので、彼の会話に応じないなんて断固あってはならないのに、いまだ喜一の死を受け入れることができずにいる私には、簡単ではない。

このままでは一明も傷つけてしまう。どうしたらいいんだろう。

「あら？」

リビングのソファでそんなことを悶々《もんもん》と考えていると、庭でなにかが動いた気がして窓に近寄る。

「どこかで見たわね……。あっ、神社の猫」

そこにいたのは白に黒ブチのむくむく太った猫だった。昨日、花咲神社に行ったときに寄ってきたあの。

でも、神社からは徒歩十五分ほどの距離がある。

「猫の行動範囲って広いのね」

そもそも猫を飼ったことがないのでわからない。

窓を開けるとその体からは想像できないほど足取り軽くやってきた。すごく人懐こいけれど、誰かが飼っているのだろうか。首輪はしてないけど……。

頭を撫でてやると目を細めて気持ちよさそうにしている。

「なんか食べる？」

話しかけてみると、猫の目が大きく開いた。

この猫、人の言葉がわかるのかしら。

「でも、なにを食べるの？」

部屋の中に戻りつつ考えていると、「すみません」と声がして、庭の垣根の向こうから男の人がこちらを覗いているのに気がついた。

「はい、なにか？」

「ここにうちの猫が入っていったのが見えたんですが、お邪魔してないですか？」

二十代後半に見える彼は、ニコッと笑いながら問いかけてくる。

あぁ、この猫ちゃんの飼い主さんね。

「いますよ。今、餌でもあげようかと……」

「ありがとうございます。でも、ご覧の通り少々メタボで、どうかお気遣いなく」

彼がそう口にした瞬間、猫が彼のほうを振り向き「ニャーッ」と怒ったような鳴き声を上げる。

あれ、本当に話していることを理解してない？

だけど、食事も気をつけているのね。

「昨日、花咲神社で見かけたんですけど」

「はい。実は僕、神主をしておりまして」

「そうなんですか？」

神主さんってもっと年配の人だと思い込んでいたので、意外だった。

「あの、喜一くんのお母さんですよね」

彼が喜一の名を口にした瞬間、鳥肌が立ち、サーッと血の気が引いていく。

「喜一がなにかしましたか？　ご迷惑を――」

「違いますよ」

私の言葉を遮った彼は、やはり笑顔だ。

はっ。喜一はもういないのに。なにかをしでかすわけがないのに。

時々夢と現の境目がわからなくなる。

「ぶしつけですが、喜一くんのこと、知りたくありませんか？」

「喜一の？」

どういうこと？　どうして神主さんが喜一のことを知っているの？

わけがわからず返事できないでいると、彼はほんの少し口元を緩める。

「実は神社に喜一くんのお友達を招いていまして。今頃巫女と話をしているかと。そのお友達が喜一くんのことが大好きで……」

「嘘です、そんなの」

喜一が事故で命を失った直後は先生やクラスメイトがひっきりなしに会いに来てくれたが、もう今は誰も寄りつかない。私の心の中は喜一でいっぱいだけど、お友達はもう喜一のことは忘れて、別の楽しみを謳歌《おうか》しているはずだ。

忘れられるということが、こんなに寂しく、そして残酷だと知ったのはつい最近のこと。

けれども、生前、十分に愛を注いでやれなかった私には誰も責められない。そんな資格はないし、なにより私が一番ひどい。

「いえ、本当ですよ。彼は昨日も来てくれて。喜一くんの思い出話がしたいと泣いていたんです」

「えっ……」

喜一のために泣いてくれたの？

「彼は洋治くんというんですが」

「洋治くん……」

聞いたことがある名前だ。だけどはっきり思い出せない。

「三年生のときに、コンパスがうまく使えなくてクラスメイトにからかわれ——」

「コンパス！」

思わず大きな声を出してしまい、ハッと口を押さえる。体がガタガタと震えてきて目が泳ぐ。

あのとき傷つけてしまった子の名前ではないようだけど、まさか他にも被害者がいたの？

「ああっ、すみません。喜一が……」

「落ち着いてください。洋治くんは喜一くんに助けられたんですよ」

「喜一が助けた？」

たしかに、神主さんはその彼が喜一を大好きだと言ったような。

「是非、お越しください。お母さんの知らない喜一くんの姿がわかるはずです」

「私の知らない？」

でも、そんなことを今さら知っても、喜一はもういないのに。

「私達人間は、過ちも犯しますし、そのたびに後悔もします。ですが、それを解消する術も持ち合わせています。謝罪であったり、理解というような」

それは相手が生きていてこそでしょう？

喜一を事故であっけなく失ったとき、あの子に何度も手を上げてしまったことをひどく後悔した。たとえ喜一がちょっと乱暴な子であっても、もう少し違う接し方があったんじゃないか。叩かずに済む方法があったはずだと。

だけど、周囲から未熟な親と責められ、絶えず罵倒されて孤立していた私には、あの頃は他に手立てがないと思い込んでいた。言葉でしつけができないのなら、叩いて痛みを感じさせるしかないと。

でも、喜一を失い、それが本当に正しかったのかわからなくなった。今頃わかったところで、どうにもならないけれど。

「喜一は、もう……」

「お母さんが会いたいと強く願えば、神様は見ていてくださるかもしれません」

「神様、が？」

会いたいと願ったところで、死んでしまった喜一に再会できるはずもない。

「はい。僕はそう信じています。お母さん。喜一くんを失いおつらい気持ちはよくわかります。でも、彼には弟さんがいますよね？」

「え……」

喜一が亡くなったことは洋治くんから聞いたのかもしれない。でも、一明のことまでどうして知っているの？

「残酷なことを言うようですが、弟さんと前に進んでください。喜一くんはとても優しいお子さんです。お母さんや弟さんが困った顔をして生活しているのを喜んでいるわけがない。すぐには無理かもしれません。ですが、後悔を解消して前に――」

喜一が優しい……。そんなふうに言ってくれる人に初めて出会った。

「どうして、喜一のことをそこまでご存じなんですか?」

「花咲神社の神と、洋治くんが教えてくれたんです。正義感が強くて心根の優しいお子さんだということを」

胸がざわつく。喜一のことで責められたことは多々あったが、こうして褒め言葉をかけてもらえたのがうれしかった。

気持ちを揺さぶられなにも言えないでいると、神主さんは再び口を開く。

「もう一度、言います。お母さんの知らない喜一くんを知りたくはありませんか?」

「ニャーン」

神主さんに呼応するかのように、ちょっと太った猫もかわいい鳴き声を上げている。

再会は叶うはずもない。でも、もしも私の知らない喜一が洋治くんの記憶に存在するとしたら、それを知りたい。

猛烈に心が動くのを感じた私は、いつしかうなずいていた。

「さ、こちらです」

神社の鳥居をぐるると、神主さんはすぐに社務所へと案内してくれる。すると、私の足下をするっと猫が駆け抜けていき、どこかに消えていった。

社務所の部屋の窓は開いており、まるでそこから覗けとばかりにその中の障子も隙間ができている。

「こんなにきれいに描けたの、初めてだ！」

部屋の中には男の子と巫女さんがいて、男の子がコンパスを片手に満面の笑みだ。

「彼が洋治くんです」

社務所に入っていくことなく足を止めた神主さんがそう教えてくれた。

コンパスって……。

つらい記憶が呼び起こされてしまいうつむく。心臓がバクバク音を立て始めるのがわかった。

でも、喜一は洋治くんを助けたと聞いたし。

そう思いなおして、もう一度視線を向ける。

「でしょ？　コンパスを回すのって、大人だって難しいの。だからこうやって針を刺したあとはコンパスは動かさないで、紙のほうを動かすとうまくいく」

「うん、すごい！　先生も教えてくれなかったのに」

巫女さんの言葉に続き、嬉々《きき》とした声を上げる洋治くんが、コンパスの針を刺し固定したあと、紙のほうをくるっと一周させている。すると、もうひとつきれいな円が出来上がった。

「すごくじょうずね、洋治くん」

「うん。これで達弘にバカにされなくて済む。だってこれ、達弘よりうまいもん」

洋治くんは円がふたつ並ぶ紙を自分の目線まで持ち上げて、満足げな表情だ。

「洋治くんは必殺技を知らなかっただけなんだから、ダメだなんて思わなくていいんだよ。それにね、神様はひとりずつ違う必殺技を授けてくださってるの」

「皆に？」

洋治くんは目を輝かせ、巫女さんに尋ねている。

「うん。そう」

「それじゃあ喜一の必殺技は、友達にメチャクチャ優しくできることだね」

不意に喜一の名前が飛び出し、息が止まる。

そんなわけがない。喜一は誰かを傷つけてばかりだったのに。

そのとき、あの猫がどこからか部屋の中に現れ、巫女さんの横に座った。すると彼女はチラッとこちらに視線をよこしたあと、再び話し始める。

「喜一くん、洋治くんがうまく円が描けなくてからかわれていたのを、助けてくれたんだっけ」

「そう。喜一はいつも僕の味方だった。それに他の友達のこともよく助けてたんだよ。誰かに意地悪してる子を見つけると、『やめろ』って怒ってくれた」

洋治くんがハキハキと答えている。

「喜一くん、正義の味方みたいだね」

巫女さんの発言に大きくうなずいた洋治くんを見て、激しく動揺する。

「喜一が……？」

喜一がそんなことを？

「僕の描いた円を見て笑った達弘を、喜一は『一生懸命描いてるのに、笑うな』って怒ってくれた。でも、達弘はふざけて僕のコンパスを取ってノートに違う円を描いたんだ。わざと曲がったやつ」

「そんなことが……」

先生はそんなことをひと言も言わなかった。ただ、喜一が振り回したコンパスが達弘くんの手を傷つけたとだけ聞いた。

「うん、それで？」

「そうしたら、喜一が達弘からコンパスを取り返してくれて、でも達弘はまた持っていこうとして、そのときに針が達弘の手にかすって血が出ちゃった。喜一が刺したって先生は言うけど、達弘が自分でやったんだ」

洋治くんは目にうっすらと涙を浮かべながら、必死に訴えている。その様子を見ていると、それが嘘ではないと伝わってくる。

私……信じることなく叩いてしまった。

「喜一くんは、どうして先生に僕がやったんじゃないって言わなかったのかな？」

巫女さんが尋ねると、洋治くんは首を傾げて黙り込んだ。

おそらくその答えは、喜一にしかわからないだろう。

「喜一くんは優しいお子さんです」

神主さんが洋治くんを見つめたままボソリとつぶやく。

今になって知った事実に、顔がゆがむ。母親なら……喜一の言うことを信じてやるべきだった。それなのに、なにも聞こうとせずあなたが悪いと決めつけ、叱ってしまった。

「洋治くん、あの円を喜一くんに捧げたくて描いているんだと思います」

「喜一に？」

「はい。誰だって、大切な人の笑顔は見たいものですから。洋治くん、『うまく描けたよ』って喜一くんに見せて、ふたりで喜びたいんだと」

大切な人の、笑顔……。

私は喜一の笑顔を守ってやれなかった。そして今、一明からも笑顔を奪おうとしている。

胸になにかがこみ上げてきて、視界がにじむ。

「お母さん。喜一くんの大切な人、誰だかわかりますか？」

「えっ？」

洋治くん？　それとも他にまだお友達がいるの？

喜一のことを知ろうとしてこなかった私には、即座に答えられない。すると、神主さんが再び口を開いた。

「お母さんですよ。お母さんに笑っていてほしいんだと思います」

「そんな……」

私は手を上げるだけで、喜一の声に耳を傾けようとしなかったひどい母親なの。そんなわけがない。

「ここの神様は、会いたい人を探すのがお得意です。喜一くんも、お母さんを探している気がします」

「私、を？」

聞き返すと、彼は優しい笑みを浮かべ大きくうなずく。

「もしお母さんが喜一くんに会いたいと思うなら、また明日お越しください。きっと久久能智神があなたの願いを聞き届けてくれるでしょう」

神主さんはそう言い残して、社務所に入っていった。


翌朝は、雲ひとつない青空が広がっていた。

小学校での初めての運動会は、こんな澄んだ青空だった。喜一はたくさんのクラスメイトと一緒に大きな体を存分に生かして元気いっぱいにダンスを踊っていたっけ。足の速かった喜一は、徒競走だってもちろん一位。白いテープを切り、弾けんばかりの笑みを浮かべて私に手を振ってくれたことを覚えている。

それに……たしかあのとき、二組うしろで走ったクラスメイトがゴール直前で転んでしまい、いち早く駆けつけた喜一が一緒にゴールまで走ってあげたような。友達に優しくできていたのに……それを見て見ぬふりをしたのは私。喜一のせいで肩身の狭い思いをしているんだと思い込み、あの子のいいところを全部なかったことにしてしまった。

そして『しつけがなってない』という言葉に惑わされ、力ずくで彼を抑えようとした。

「ごめんね、喜一……」

昨日、洋治くんが喜一との思い出を話しているのを見て、私はやっと自分の間違いを認識した。

いや、喜一が逝ってしまったあの日。本当は気づいていたのかもしれない。彼の言葉より、周囲の言葉を信じた愚かさに。

あっけなくいなくなってしまった我が子が、愛おしくて愛おしくて……一緒に逝ってしまいたいとさえ思ったからだ。それでも大好きだった兄の亡き骸《がら》を前に、私にしがみつき体を震わせていた一明がいたから踏みとどまることができた。

こんなに愛おしいのに、どうしてそれを表現してあげられなかったんだろう。誰がなんと言おうと、喜一が大好きだよと伝えればよかった。

だけど、どれだけ後悔しても彼が戻ってくることはなかった。

「会いたい。会いたいよ、喜一」

ひと目でいい。会って『ごめんね』と伝えたい。

私の足は花咲神社に向かっていた。

神主さんの言うことを信じたわけじゃない。喜一に会えるわけがない。でも、ほんの少しでいい。喜一の近くに行きたい。神様の近くならあるいは、と思った。

鳥居をくぐると、巫女さんが拝殿の近くで、まるで私が来ることがわかっていたかのように迎えてくれた。

「こんにちは。いい天気ですね」

彼女はふと空に視線を移してつぶやく。

「……はい」

「喜一くんが喜んでいる気がします」

「どうして？」

なにを喜ぶというの？

「だって、お母さんが会いに来てくれたんだから」

巫女さんは私に視線を合わせ、小さくうなずいた。するとそのとき。

「久久能智神よ。導きたまえ」

拝殿の奥から低い声が聞こえてきた。

「なに？」

一瞬深い霧に包まれたあと……。

「喜一……」

「お母さん！」

にっこりと笑みを浮かべる喜一が拝殿の前に立っていたので、心臓が飛び出しそうになる。

これは、夢？

そう思ったけれど、タタッと駆け寄ってきた喜一が、私に飛びついた。

「喜一、なのね？」

「うん、そうだよ」

たしかに、喜一だ。

「喜一。喜一……」

私は夢中で喜一を抱きしめた。今までしてこなかった分を取り戻したい。

「お母さん、そんなにギュッとしたらつぶれちゃう」

無邪気に笑う喜一は、私が腕の力を緩めると、ニッと白い歯を見せる。

「そうだね。ごめんね」

なにから話したらいいんだろう。とにかく謝らなくては。

「お母さんね……喜一の話をちっとも聞いてあげなく──」

「お母さん、どうして泣きそうなの？　僕に会えてうれしくないの？」

すると、意外な言葉が返ってきて驚く。

「うれしいよ。とってもうれしい」

「そっかぁ。よかった」

喜一も、会えたことを喜んでくれているの？　こんな母親でも、会えてよかったと思ってくれるの？

「喜一。洋治くんを助けてあげたこと、聞いたよ。偉かったんだね」

「うん。達弘がいつも洋治をからかうから、僕、許せなくて」

あのときも、こうして聞くべきだった。たったそれだけでよかったのに。

「でも、達弘くんがケガをしたのが自分のせいじゃないと、どうして先生に言わなかったの？」

昨日巫女さんが洋治くんに問いかけていたことを、そのまま口にしていた。

「言ったって、どうせ僕が悪くなるんだ」

「そんなことないでしょ？」

「ううん。幼稚園のときもそうだったもん」

えっちゃんを叩いたときのこと？

驚き凝視していると、巫女さんが近寄ってきた。

「喜一くん、えっちゃんにずっと叩かれていたのよね」

「嘘……」

そういえば、えっちゃんがお友達を泣かせたと聞いたような。でもまさか喜一も叩かれていたなんて。

「喜一くん、自分はずっと我慢してたんだけど、お友達にも同じことをされて、守ってあげたかったんだよね」

「うん、そう」

「喜一……」

私、あのときも……ママ友からの悪口や冷たい視線ばかりが気になって、全部喜一が悪いと決めつけて話も聞かず、叩いてしまった。

「それも、お母さんに『困ってる人がいたら、助けてあげるのよ』って言われたから、その約束を守ったんだよね」

巫女さんが放った言葉に、ついに腰が抜け、へなへなと座り込んだ。

私、とんでもないことをしてしまった。最低だ。

「大丈夫ですか？」

巫女さんが心配そうに顔を覗き込んでくれたけれど、動揺で答えられない。

「そうだよ。お母さんとの約束を守りたかったんだ。えっちゃんにはあとから『叩いてごめんなさい』って言ったよ。でも、えっちゃんは謝ってくれなかった。達弘も洋治に謝ってない」

喜一が謝っていたなんて、知らなかった。いや、知ろうとしなかった。

「うーん。それはいけないね。洋治くんは達弘くんと一緒に勉強してるんだし、このままだと喜一くん、心配だよね。どうしようか。お姉さんが学校の先生とお話ししてみるとか……」

「おばちゃん、その恰好で行ったら、先生がびっくりするって！」

喜一がケラケラと声を上げて笑っている。

よほど自分の意見を聞いてもらえたのがうれしかったのかもしれない。本当は私がすべきことなのに。

あぁ、喜一はこんなに顔をくしゃくしゃにして声高らかに笑う子だったんだ。それすら忘れていたなんて、私はいったい彼のなにを見てきたんだろう。

幼稚園の事件から、私は喜一を意図的に遠ざけていた。だから会話もあまり交わさなかった。

積極的に関わったら、もっと憎くなるんじゃないか、また叩いてしまうんじゃ……と怖くて、逃げることしか考えられなかった。

「お母さん。僕……悪いことばかりしてごめんなさい」

喜一の突然の謝罪に、涙があふれてくるのを抑えることなんてできない。

私は喜一をもう一度強く抱きしめた。

違うんだよ。お母さんが謝らないといけないんだよ。

「喜一、ごめんね。お母さん、喜一のこと、信じてあげられなかった……」

「ううん。僕が悪いから仕方ないんだ」

喜一は私の腕の中で首を振る。

「違うのよ。お母さんが悪いの。叩いてごめんね。最低のお母さんだね」

私が母親と名乗る資格なんてない。それでも喜一の母であることはやめたくない。

「僕のお母さんは、すごく優しいんだ。怒られちゃうこともあるけど、いつも僕のことを心配して見ててくれる」

喜一の声がかすれている。泣いているの？

「ごめん、ごめんね……」

どうしてもっと早く、優しい心に気づかなかったんだろう。私との何気ない約束を果たそうとした喜一は、こんなに強くて立派な子なのに。

言葉を続けられないでいると、巫女さんが私の腕にそっと手を添え、立たせてくれる。

「お母さん。『ごめんね』より言いたいことがあるんじゃないですか?」

その発言に首を傾げる。『ごめんね』より……。

「あっ」

そうか。私が一番伝えたいのは……。

「喜一。大好きだよ」

「お母さん……。僕も。大好き!」

喜一がギュウギュウと私にしがみついてくる。なんてかわいいんだろう。

私はひざまずき、もう一度抱きしめる。

「喜一くん、学校の先生にはお母さんが話してくれるかな」

巫女さんがそう促してくれる。

「もちろんだよ。喜一が悪くないこと。喜一が洋治くんを守ってあげたカッコいい男の子だって、先生に自慢しに行かなくちゃ」

今さら、かもしれない。でも喜一の名誉を回復したい。それに、彼が守りたかった洋治くんを、今度は私が代わりに守る。

「ホントに？」

私の顔を見つめる喜一の目には涙がいっぱい溜《た》まっている。

「うん。洋治くんを守ってあげられる素敵な子だって、皆に大きな声で言いたいの」

「それはちょっと恥ずかしいな」

喜一がそうつぶやくと、巫女さんはクスッと笑った。

「お母さん。ずっと僕のこと忘れない？」

ふとそんなことを漏らすので、心臓がバクバクと音を立て始める。

やっぱり、いなくなってしまうの？

「もちろん、だよ。喜一はお母さんの大切な……自慢の息子なんだもの。絶対に忘れるわけ――」

涙があふれてきて、その先が続かない。

「よかったー。僕も、お母さんのこと絶対に忘れない。でもね、僕はお母さんが笑ってるほうがいい」

そう、だよね。私だって喜一の泣き顔より笑顔が見たい。だから私は頬の涙を拭い、口角を上げた。

「お母さんも喜一の笑顔が大好き」

「うん！」

喜一は元気よく返事をすると、もう一度私に抱きついてくる。

「あとはね、一明も心配なんだ。一明、すぐ泣いちゃうから守ってあげてね」

「喜一……。うん、もちろんだよ。一明にも、素敵なお兄ちゃんがずっと見守ってるよって伝えなくちゃ」

一明のことまで気にかけているなんて。私なんかよりずっと大人だ。

「僕、一明のことも忘れないよ。もちろんお父さんも。また皆で遊園地行こうね」

これで最後かも。そんな気がして泣きそうになったものの、ぐっとこらえて笑顔を作る。

「そうだね、行こう。喜一。大好き。ずっとずっと、愛してるよ」

「喜一……」

そう囁いた瞬間、「ありがとう」という微《かす》かな声とともに、フッと喜一の気配が消えた。

「喜一！」

大声で叫んでも、戻ってこない。

あぁ、行ってしまったんだ。もう会えないんだ。

悲しみに溺れそうになったけれど、私は必死に涙をこらえ笑みを浮かべた。『大好き』と言ってくれた笑顔を。

ありがとう、喜一。あなたと約束した通り、一明の笑顔を守っていくね。もしかしたらあなたのことを思い出して涙するかもしれない。でも、一明の笑顔は絶対に壊さないよ。

「お母さん、喜一くんの優しい心をずっと探していませんでしたか？」

「えっ……」

そのとき、どこからか神主さんも現れて私に話しかけてくる。

彼の言ったことは本当だった。喜一に会いたいという願望を神様が叶えてくれた。

「喜一くん、ずっと持ってたんですよ。ですが、それを視界に入れようとしなかったのはお母さんです」

「はい」

神主さんの言葉がずっしりと胸に刺さる。返す言葉もない。

「僕、実は適当が大好きでして」

「適当？」

関係ない話を始めた神主さんに首を傾げる。

「なんでも完璧にこなすなんて、神様じゃないんですから無理なんですよ。完璧を追い求めすぎると、できなかったことばかりに目がいきます。それより、ゆるゆると生きて、うまくいった！　という喜びを味わえたほうがよくありませんか？」

たしかにその通りだ。できもしない理想を掲げ、誰にでもいい顔をしたくて……結局失敗している。

「それに、この世に存在する人すべてに好かれなくてもいいんです」

そう。そんなことは無理なのに、喜一を犠牲にしてまで嫌われない努力ばかりしてきた。そして、なにひとつ欠陥のない完璧な母親の顔をしたくてたまらなかった。

「私……喜一にひどいことをしてきました。信じてやらなかったばかりか、叩いてしまった」

正直に告白すると、神主さんは深くうなずく。

「でも後悔していらっしゃった。そして喜一くんはそれに気づいていたんだと思います。だから、お母さんのことが大好きなんです。これからはたっぷり愛してあげてください。喜一くんも、一明くんも」

「はい」

神主さんの言葉にこらえきれなくなり涙があふれだす。

喜一にしてみれば『後悔』なんていう言葉ひとつで片づけられるような問題ではない。でも、許されるなら、母親としてずっとずっと愛し続けたい。

「あっ、それと……『適当』の正しい意味をご存じですか？」

「正しい意味？」

〝手を抜いている〟ということだと思っていたけど、違うの？

「はい。間違って使われることが多いのですが、適度――つまり、程よい加減という意味なんです。悪い意味ではありません」

神主さんはそう言うと、優しく微笑む。

そうか。私はその〝適度〟を誤ったんだ。程々に周囲の声を聞き、必要な部分とそうではない部分を選択すればよかったのに、すべてを鵜呑《うの》みにした。そして、程よく力を抜いて喜一を育てればよかったのに、それもできなかった。

「適当っていい言葉ですね」

「はい」

「喜一！」

そのとき、鳥居の向こうから喜一の名前を呼ぶ声が聞こえてきて、驚いた。

はぁはぁと息を切らしながら階段を上がってきたのは洋治くんだ。

「おばちゃん、見て！　すごくうまく描けたんだ。喜一に見せたくて持ってきた」

洋治くんはランドセルからノートの切れ端を取り出し、巫女さんに差し出している。

そこには、美しい円がいくつも描かれていた。

「こんなに描いたの？」

「うん。喜一に、僕はもう大丈夫だよって教えてあげたいし、絶対喜んでくれる！」

洋治くんの笑顔が弾けていて、今度は喜びの涙があふれそうになる。

喜一は死してなお、こうしてお友達の笑顔を誘っているんだ。

「そうだね。夕方神様にお祈りするの。そのとき、これをお供えしてもいいかなぁ。

喜一くんに見せてくれると思うよ」

「うん！」

巫女さんの提案に大きくうなずく洋治くんは、笑顔を絶やすことはない。

「あっ、そうだ。お土産があるの。持って帰って」

そう言い残した巫女さんは、社務所へと入っていく。そしてなにかを持って戻ってきた。

「これ、お姉さんが前に働いていた会社の好きだった文房具なんだよ。よく消える消しゴムと、手が疲れない鉛筆。あとはね、新しいコンパス」

巫女さんが洋治くんに袋に入った文房具を持たせる。しかし洋治くんはその中からコンパスを取りだして、彼女に返した。

「これはいいよ。だって僕、魔法のコンパス持ってるから。喜一が取り返してくれたから、こんなに上手に円が描けるようになったんだ」

洋治くんの言葉に、一旦は止まっていた涙がまたじわじわとしみだしてくる。

喜一の優しさは、確実に彼の心に届いている。

「そっか。魔法のコンパスだもんね。それじゃあ、これはやめておく。また、遊びにおいで」

「うん！　ありがとう、おばちゃん」

洋治くんはにこやかに挨拶をして、鳥居を出るまで何度も何度も振り返り、手を振っていた。

◇　◇　◇

「あの必殺技には参ったな、おばちゃん」

「モー！」

『おばちゃん』を強調するモーをギロッとにらむと、あっという間にポンポンと駆け出していき、姿をくらます。

「まったく、逃げ足は最高に速いんだから」

「あはは。今回は美琴さん、大活躍だったね」

喜一くんのお母さんが帰ったあと、社務所でお茶を淹《い》れてちょっと休憩タイム。

「たまたまですよ。だけど、初めて文具メーカーに勤めていてよかったって思いました」

入社してからボロボロになって辞めるまで、どうしてこの道を選んだんだろうと後悔ばかりだった。でも洋治くんの笑顔を見ていたら、あの苦労も無駄ではなかったのかな？　なんて思えた。

「うんうん。人生、そんなもんだよ。なにがどう転がって、どんな結果につながるかなんて、誰もわからない」

「神様は未来をご存じなんでしょうか？」

開いた障子の向こうに見える拝殿に視線を向けて問いかけると、彼は腕を組む。

「どうかな。未来が見えている神様もいるかもしれないし、そんな能力はまったくない神様もいると思う。久久能智神も過去は見せてくれるけど、未来をご存じなのかはわからない」

神月さんも知らないんだ。

「だけど、神様の能力は別として、自分がこうありたいと願ったり、ちょっと弱音を吐いたり……そういう場所を提供してくださっていることが、ありがたいんじゃないのかな」

彼は柔らかな笑みを浮かべ、私と同じように拝殿を見つめる。

「そうですね。この花咲神社がどの人にとっても大切な場所になるといいですね」

少なくとも私は、偶然訪れたこの神社で巫女をやっているわけで、すこぶる大切な場所になった。だけどそれほどまでいかなくても、人生の風向きが変わった場所として心に刻まれるといいな。

「うん。それにしても、久久能智神って自然に関する神のはずなんだけど、巻物で見せるのは人の過去ばかりで不思議だよね。しかも、どうしなさいとは言わない。見せるだけ」

「本当ですね。ですけど、この町には花があふれてますし、本来の能力は生かしつつ、他の神託はお暇なときにバイト感覚なのかも」

あっ、いけない。神様に『バイト』なんて不謹慎だと焦ったけれど……。

「ふふふ。バイトって、うまいこと言うね」

どうやら神月さんは気に入ったらしい。

「ま、あんまり堅苦しく考えるのはよそう。結局、人生を変えられるのは自分なんだ。僕たちになにかできるなんて大それたことを考えないほうがいい。ただ前に進むきっかけを作っているだけ」

彼の発言に、ふわりと心が軽くなった。

私は偶然にもモーの言葉がわかり、神様から過去を見せてもらうことができる。だからといって、すべての人の問題を解決できるわけじゃない。

「へぇ、随分高尚な話をしてるみたいだけど、千早、昨日も宝くじ買ったんだろ？」

いつの間にか戻ってきたモーの傍らには宝くじの封筒が。

「モー、勝手に持ち出すな！」

「神主という立場を悪用して、拝殿で当たりを祈禱しようとしてただろ。なにが『人生を変えられるのは自分』だ。宝くじ当てて悠々自適な生活をしようなんて、他力本願にもほどがある」

モーは鼻息荒く叫んでいる。

「買わなきゃ当たらないだろ。買ったことに意味がある」

あーぁ、また始まった。

「さて、そろそろ掃除を始めなくちゃ」

ふたりを放置して立ち上がると、モーが「美琴！」と私を呼んでいる。

「どうかした？」

「どいつもこいつも！　喜一の母親を連れてきたらココワンの缶詰って言ったのを忘れたか！」

あっ、そうだった。

「千早はイギリス産を至急頼みたまえ」

「僕は『もういらないんだな？』って言っただけで、買うとはひと言も言ってない」

神月さんが涼しい顔をしてサラリと口にすると、「この、いけ好かない神主め！」とモーが怒りをあらわにしている。

だけど、本当はもう注文してありそうだ。

「モー。仕事が終わったらココワンに行こう。それならいいでしょ？」

モーに助けられているのはたしかだし、メタボは気になるけど、カロリー控えめの物を買えばいい。

「美琴さんは甘いなぁ」

神月さんはそう言うけど、彼のほうがずっと甘い。

「ほーら、人間はこうでなくちゃな。ケチだとモテないぞ！」

「あー、はいはい」

彼はモーの反論を意に介することなく気のない返事をしている。本当はモーを誰より信頼して敬っているくせして。

モーがぶつくさつぶやいているのを軽くかわして竹ぼうき片手に境内に出ると、西の空がオレンジ色に染まりつつある。

『今日はとても素敵な一日でした。喜一くん、またね』

私は空を見上げて心の中でそうつぶやき、すがすがしい気持ちで一歩を踏み出した。

―――本書のプロフィール―――

本書は書き下ろしです。

小学館文庫

神様《かみさま》の護《まも》り猫《ねこ》
最後《さいご》の願《ねが》い叶《かな》えます

著者　朝比奈希夜《あさひなきよ》

二〇一八年八月十二日　初版第一刷発行

発行人　岡　靖司
発行所　株式会社　小学館
〒一〇一-八〇〇一
東京都千代田区一ツ橋二-三-一
電話　編集〇三-三二三〇-五六一六
販売〇三-五二八一-三五五五
印刷所――中央精版印刷株式会社

ISBN978-4-09-406552-7